Sacha Naspini • Nives und ihre Männer

Sacha Naspini
Nives und ihre Männer

Roman

Aus dem Italienischen
von Walter Kögler

KEIN&ABER
POCKET

Ebenfalls von Sacha Naspini:
Hinter verschlossenen Türen

Questo libro è stato tradotto grazie a un contributo
per la traduzione assegnato dal Ministero degli
Affari Esteri e della Cooperazione Internazionale italiano

Die Publikation der Übersetzung erfolgt mit der freundlichen
Unterstützung des italienischen Außenministeriums

Die Originalausgabe erschien unter dem Titel
Nives bei Edizioni e/o, Rom
Copyright © 2020 by Edizioni e/o

Copyright © 2022 (unter dem Titel *Nives*)/2024 by Kein & Aber AG Zürich – Berlin
Covergestaltung: Hannes Aechter, Berlin
Satz: Dörlemann Satz, Lemförde
Druck und Bindung: CPI books GmbH, Leck
ISBN 978-3-0369-6185-9
Auch als eBook erhältlich

www.keinundaber.ch

Anteo Raulli ging nach draußen, um den Mansch in den Schweinetrog zu kippen, aber anstatt der Essensreste landete er selber drin, voll aufs Gesicht, der Schlag hatte ihn getroffen. Als er nach zehn Minuten immer noch nicht zurück war, warf Nives einen Blick aus dem Küchenfenster und sah ihn dort liegen, den Eimer daneben, und Ciclamino, das nicht recht kapierte, was Sache war, fand sich mit der Lage ab und begann, das Ohr seines Herrchens anzuknabbern.

»Du Schuft!«, schrie sie und eilte hinaus. Sie packte ihren Mann an den Füßen und zog ihn auf den Kies, wo er in Sicherheit war. Als sie ihn auf die Seite kippte, schimmerte ihr der blanke Wangenknochen ihres Mannes entgegen, die Wange war weggefressen, die Backenzähne lagen in einer Art bleckendem Grinsen frei, bei dem nicht einmal Blut austrat. Das Schwein hatte mit seiner Zunge alles schön aufgeschlabbert. Anteo Raullis Lid war hochgezogen, er schien auf seine Nasenspitze zu starren. Nives betrachtete ihn, während der Wind in ihren Dutt fuhr und ihr immer wieder Haarsträhnen ins Gesicht wehte. Schließlich sagte sie laut: »Ich hatte dir doch gesagt, geh nicht raus bei diesem Nordwind.« Dann sah sie zu dem Tier, das den Blick auf sich spürte und sofort mit dem Schwänzchen zu wedeln begann, als wolle es sagen: »Krieg ich noch mehr?« Die Frau drehte sich um, ging langsam zum Haus zurück und trat ein, ohne die Tür hinter sich zuzuziehen. Gleich darauf kam sie wieder heraus, mit San Francesco fest in beiden Händen – so nannten die Raullis ihr Jagdgewehr. »Komm, Kleines«, murmelte sie und ließ mit dem Daumen die Sicherung hochschnellen. Das Schwein schien die Gefahr zu wittern, fing an, in den Schmodder zu stampfen, und schüttelte sich. Als Nives ans Gehege trat, grunzte Ciclamino aus voller Kehle, einzelne Töne klangen wie ein Pfeifen. Es war schon drauf und dran, sich in seine Hütte zu verziehen, war aber plötzlich wie gebannt von dem Gewehrlauf, den die Frau auf es richtete. Der Schuss traf es mitten in die Stirn. Ciclamino kippte zur Seite, die steifen Beine zuckten noch nach. Dabei braucht man kein Experte zu sein, um zu wissen, dass man Schweine töten sollte, ohne dass sie es mitkriegen. Sonst versaut die Angst ihnen die Muskeln und überhaupt nimmt das Fleisch Schaden. Und die Schwarte auch.

Nives weinte nicht, nicht einmal bei der Beerdigung. Ganz anders die Tochter, die aus Frankreich kam und die ganze Zeit heulte wie eine Sirene, vom Leichenschauhaus bis zur Predigt vor dem Ofen der Einäscherung. Nives weinte auch nachher nicht, zu Hause. Im Gegenteil, sie hielt dem Appetit des Schwiegersohns und der Enkel stand, die sich wie gewohnt auf die hausgemachten Tortelli freuten: Kaum hatte sie das gute Kleid abgelegt, ging sie in die Küche, zog Schubladen und Fächer auf und machte sich mit dem Mehl zu schaffen.

»Mama, wir müssen uns überlegen, was wir mit dir machen«, lag ihr die Tochter in den Ohren, stets ein Taschentuch in Reichweite.

Nives rollte mit den Augen. »Laura, wenn du noch mal damit kommst, schmeiß ich mich in den Ofen. Hier fehlt mir nichts. Was soll ich denn eurer Meinung nach tun, in die Languedoc kommen? Da käm ich mir ja vor wie unter Marsmenschen. Ich hab einen Schwiegersohn und Enkel, von denen ich nicht mal die Namen aussprechen kann. Mit siebenundsechzig lässt man nicht einfach alles stehen und liegen. Und außerdem, wer kümmert sich dann um das Vieh?«

Sie musste sich am Riemen reißen, denn hätte sie sich gehen lassen, hätte das Gespräch eine andere Wendung genommen. Also setzte sie es in Gedanken fort: ›Euch juckt es, den Hof zu verkaufen, und ob. Die Pachteinnahmen der Felder, die ihr jeden Monat pünktlich einstreicht, reichen euch nicht. Die Bandini überweisen, und hopp, schon ist alles in

Richtung Pyrenäen verschwunden. Ein Getue beim Anblick des Vaters, wie er mit verbundenem Gesicht in der Kiste liegt, und gleichzeitig rumrechnen, wie ihr von Neujahr bis Neujahr auf Reisen gehen könnt. Ich seh ihn schon, den jungen Franzosen, wie er vor Glück wiehert.‹

Sie blieben eine Woche. Beim Abschied fing die Tochter wieder mit den Krokodilstränen an, weil es sie befremdete, die Mutter in diesen öden Räumen weitab von aller Welt zurückzulassen. »Wir haben ein hübsches Zimmer, das nur auf dich wartet«, sagte sie und warf sich in eine Umarmung, die Nives quer erwischte, mit hängenden Armen und den Gedanken, die wiederholten: ›Da kannst du lange warten.‹ Dann bückte sie sich zu den Jungs. Sie waren ganz nach dem Vater geraten: blond und maulfaul. Noch nie hatten sie es fertiggebracht, ihrer Oma direkt in die Augen zu schauen. Erst nach ein paar Tagen wurden sie etwas lockerer, wenn es gewöhnlich wieder an die Abreise ging. ›Schau an, was aus unserem Schlag geworden ist‹, dachte Nives und presste den beiden Knaben einen Kuss auf die Köpfe, die im Licht des aufkommenden Frühlings glänzten. Dem Schwiegersohn gab sie die Hand. Ein Meister der Höflichkeit, keine Frage, aber steif wie eine Salzsäule. Einer von der Sorte, der man ein Messer in die Rippen stoßen muss, damit sie ein Gefühl zeigen. Ganz anders als die Tochter, die mit dem Jammern nicht mehr aufhören wollte, sodass Nives schließlich deutliche Worte fand: »Ich bin ja noch nicht tot.« Sie sagte es einfach so heraus, teils um die Spannung zu lösen, teils um sich Luft zu machen. Laura fand das allerdings gar nicht witzig, in Anbetracht des Trauerfalls kam es ihr wohl unpassend vor. Ihre Miene verdüsterte sich, als wäre sie in ihrem Innersten peinlich berührt worden. »Wiedersehen, Mama«, seufzte sie und gab ihr einen letzten Streifkuss auf die Wange. Dann stiegen sie in den großen Mietwagen. Nives sah ihnen nach, wie sie auf dem Schotterweg davonfuhren und danach auf der Landstraße verschwanden. Die beiden Jungen drehten sich nicht um, um aus dem Heckfenster zu winken. Es blieb ein Staubschleier, der eine Weile anhielt. Dann war Poggio Corbello wieder wie immer, ohne Eindringlinge. Nives sah zum Schweinetrog hinüber, wo ihr Mann plötzlich sein Leben ausgehaucht hatte. Sie fragte sich, wie weit die Catani wohl seien, die in den letzten zwanzig Jahren mit dem Schlachthof gut reich geworden waren. Am Tag des Unglücks waren sie wie der Blitz zur Stelle gewesen, die hundertdreißig Kilo von Ciclamino abzutransportieren, hatten aber noch keine Abrechnung geschickt. »Jeder Verkauf ist eine Qual«, murmelte sie. Und trat ins Haus.

Die erste Nacht fand sie keinen Schlaf. Solange die Verwandtschaft da war, war dies nie vorgekommen, nicht einmal mit dem Schock der Tragödie, die noch in der Luft hing. Sie lag da auf ihrer Seite des Bettes, und sofort wurde ihr klar: Wenn sie die Augen schloss, überkam sie ein Gefühl, als könne sich das gewohnte Zimmer während des Schlafs in etwas anderes verwandeln. Auf einmal war es nicht hinnehmbar, dass die Welt sich einfach weiterdrehte. Außerdem kam es ihr vor, als liege Anteo direkt in ihrem Rücken. Die Müdigkeit war groß, und zweimal hätte sie beinahe die Oberhand gewonnen, aber wenn sie es wagte, locker zu lassen, gingen schlagartig die Lider wieder hoch, unter heftigem Herzklopfen. Dazu noch von einem widerlichen Gefühl aufgewühlt, das nach ein paar Augenblicken zum Glück verflog, als wisse sie nicht recht, wo sie sich befinde. Seltsam, weil eigentlich keinerlei Zweifel bestehen konnte. Sie wohnte seit knapp einem halben Jahrhundert auf der Anhöhe, es gab keinen Widerpart, der diesbezüglich hätte Verwirrung stiften können. Höchstens wäre noch das alte Haus infrage gekommen, wo sie geboren war und das sie noch lebhaft in Erinnerung hatte, aber das betraf wirklich ein anderes Leben. Im zweiten Delirium des Dämmerschlafs überkam sie eine Plage: Sie hörte ihren Namen rufen, vernahm die deutliche Stimme ihres Mannes: »Nives!«, wie aus dem Zimmer nebenan. Ein Timbre, das endlos die Tage gezeichnet hatte, von ihren jungen Jahren bis jetzt. So dachte sie die ganze Zeit an ihn und fasste sich ein Herz, bis das erste Gezwitscher der Schwalben aufkam: ›Anteo hat mich mein Leben lang begleitet, von zwanzig bis in die sechziger Jahre rein. Ein halber Traum, der nach Halluzination aussieht, ist normal, ich bin ja kein Monster.‹

Als sie im Bad in den Spiegel sah, hätte sie fast gefragt: ›Wer ist die denn?‹ Die durchwachte Nacht sah man ihr auch dann noch an, als sie das Vieh versorgte. Unter der Haut musste sie gegen ein Zittern ankämpfen. Ihr Blickfeld war am Rand verschwommen.

Die Käfige erbebten, als sie kam, die Kaninchen versuchten wie wild, sich an die vordersten Plätze des Futterlochs zu drängen. Dann ging sie mit dem Eimer für das Hühnerfutter an die Seite des Hauses und schloss den Hühnerstall auf. Die Hennen stürzten im Pulk heraus. Nives suchte nach Giacomina, die wegen ihrer rechten Kralle, die nur noch aus einer knolligen Zehe bestand, immer etwas hintanblieb. Anteo hatte immer wieder darauf gedrängt, sie angesichts des Schadens, den sie an einem Nachmittag durch den entlaufenen Köter der Potenti erlitten hatte, zu schlachten. »Die angebissene Kralle kann von heute auf morgen zum Wundbrand werden. Besser, sie landet bei uns auf dem Teller als im Müll.« Nives schüttelte stets verneinend den Kopf.

Giacomina stand nun still vor der Bäuerin. Sie war es inzwischen so gewohnt. Sie sah zu ihr auf, mit leicht geneigtem Kopf, das Auge starrte blöd ins Leere. Die Frau fühlte sich diesem Ausdruck einer Elenden sehr zugetan, wie ein Fragezeichen, das der Welt zu sagen schien: ›Was mach ich hier? Hast du ne Ahnung?‹ Diese Spur von Bewusstsein verschwand im Nu, wie üblich, als eine Garbe Körner eine Handbreit neben ihrem Schnabel auf die Erde fiel: Die Henne stürzte sich darauf. Um sich beim Fressen auf den Beinen zu halten, musste sie den linken Flügel leicht abspreizen, um das verkrüppelte Bein auszugleichen. Nives sagte halblaut: »Freundchen, ich lebe schon immer so.« Und sie blieb dort, damit das elende Geschöpf fressen konnte, sie passte auf, dass die anderen Hühner ihr das Futter nicht streitig machten. Danach kümmerte sie sich um den Gemüsegarten.

Bald stellte sie fest, dass das Alleinsein das Landleben stark veränderte. Die Stunden wollten einfach nicht mehr vergehen, und das setzte ihr zu. Die gewohnten Erledigungen ließen sich anders an. Nives ging auf die neue Lage mit einer gewissen Verbissenheit ein: ›Bin ich mir etwa nicht genug?‹, fragte sie sich. Dies in fortgeschrittenem Alter festzustellen war ein herber Schlag, den sie nur ungern einsteckte. Jede Verrichtung fühlte sich dadurch schwerer an: Die Gemeinsamkeit war weg. Vor allem die kleinen, unbedeutenden Dinge wie ein Glas Wasser zu trinken. Keine Sau war da, um zu sagen: ›Was für eine Hitze‹, einfach so, um ein paar Worte zu wechseln. Was auch hieß: Ich seh dich, du existierst. Von keiner Menschenseele gesehen zu werden hieß, sich wie ein Gespenst zu fühlen.

Nives nahm ihr Abendessen auf dem Sofa vor dem großen Fernseher ein. Danach trank sie noch einen Schluck mehr, bis sie sich beruhigt fühlte. Doch ab und an warf sie einen Blick schräg hinüber zum Flur und zum Schlafzimmer. Bei der Vorstellung, sich das

Nachthemd anzuziehen, zog sich ihr der Magen auf Stecknadelgröße zusammen.

Drei Tage später öffnete sie die Haustür mit trockenem Gesicht und schrägem Haarknoten. Ihr Arbeitspullover war zerknüllt wie das Hemdkleid einer Evakuierten. Die Gummistiefel ließen den Kies knirschen, aber ihr kam es vor, als gehe sie auf Luft. Wenn sie den Kopf zu plötzlich drehte, spürte sie eine Art Ohnmacht, also sagte sie sich: ›Und wenn schon! Dann schlaf ich ein Viertelstündchen.‹ Dann fiel ihr ein, wie sie Anteo vorgefunden hatte. Die Vorstellung, sich von den besessenen Hühnern die Augen ausschlürfen zu lassen, behagte ihr überhaupt nicht.

Schließlich konnte sie nicht umhin, sich ins Gesicht zu schauen, und musste sich eingestehen: Es war die Vereinsamung. Tagsüber ertrug sie die Isolation mehr schlecht als recht, solange sie sich um das Vieh und alles Übrige kümmerte. Bei hereinbrechender Nacht tat sich ein Abgrund auf. Es war keine normale Angst, so viel war ihr klar. Die Beklemmung ging in eine andere Richtung. Wenn sie in den Dämmerschlaf fiel, krallte sie sich im nächsten Moment heftig atmend an die Bettdecke. Die Verstörung durch den Mangel an Schlaf ließ sie Dinge so wahrnehmen, dass sie das eigene Herz im Hals spürte. Beispielsweise kam ihr vor, Anteo drehe sich im Schlaf um. Oder dass plötzlich der klare Ton eines lauten Furzes zu vernehmen sei. ›Das war ich‹, sagte sich Nives. ›Beim Entspannen der Nerven hab ich auch den Arsch gelockert und hab mir selber Angst eingejagt.‹ Sie riss die Augen auf, wenn das Betttuch ihre Hand berührte, weil ihr vorkam, mitten in der Nacht gestreichelt zu werden. Es kribbelte mal hier, mal da. Die Schlaflosigkeit führte zu diesem merkwürdigen Effekt, dass ihre Haut sich wie Seidenpapier anfühlte. Oder schlimmer noch, als würde sie sich in der Luft auflösen. Das totenbleiche Gesicht, das sie am nächsten Morgen aus dem Spiegel anblickte, sprach eine deutliche Sprache: ein Gespenst ohne Lockenwickler, mit runzliger Haut und eingefallenen Wangen. Nicht einmal nach dem Einsetzen ihres Gebisses konnte sie sich selbst wiedererkennen.

Sie begann, auf das Telefon zu schauen. Plauderte laut damit, als handle es sich um einen Menschen: »Meinst du, du reizt mich? Meinetwegen kannst du verrecken auf deinem Kästchen.« Oder: »Das hat es noch nie gegeben, dass eine Nives Cillerai plötzlich in die Muschel blökt. Da brauchst du mich gar nicht so anzustarren.« Hakeleien solcher Art, die zumeist durch den Gedanken an die aufgeblähte Telefonrechnung beim Anwählen einer ausländischen Vorwahl entschieden wurden. Es regte sie auf, wenn abends der Anruf kam und sie durch den Flur flog. »Pronto«, sagte sie mit stockendem Atem. Am anderen Ende lauschte Laura zunächst ein Weilchen. »Mama, gehts dir gut?«, fragte sie manchmal ohne lange Umschweife. »Wenns nur allen so gut ginge wie mir!«, gab Nives zurück. Zuweilen spiegelte sie sich im Reflex des kleinen Bildes, das schon eine Ewigkeit dort hing und das sie 1984 in Venedig erworben hatten. Sie sah ochsenartige Glupschaugen. »Wie ist das Wetter bei den Käsefressern?« Die Tochter zählte ihre Atemzüge, dann: »Das Zimmer ist immer noch da. Es wartet nur auf dich.« Nives kicherte. »Sagt ihm, es soll sich damit abfinden.«

Es kam vor, dass sie sich nicht daran erinnerte, die Nummer Bandinis gewählt zu haben, der nicht nur ihre Felder pachtete, sondern seit einer Ewigkeit auch ein guter Hausfreund war. Sie sah ihn mit seinem Lieferwagen und dem Wocheneinkauf ankommen. »Graziano, wer schickt dich denn?«, fragte sie, während sie ihm auf dem Hof entgegenging. Er hielt inne und sah sie in ihrer Sinnesverwirrung an. Öffnete dann die hintere Tür und stellte die großen Tüten raus. Nachdem er alles ins Haus und in den Schuppen getragen hatte, bekam er zur Belohnung das übliche Gläschen Wermut morgens um zehn. Dabei warf er ein paar Köder aus: »Wie ist es denn so, hier auf der Anhöhe zu leben ohne das Gefluche des armen Anteo?«

Sie zuckte mit den Schultern. »Ich komme mir vor wie eine Prinzessin.«

›Mäuseprinzessin‹, dachte er bei sich mit einem Blick auf die unaufgeräumte Küche mit den Arbeitsflächen voller Krumen, Papiere und Fettflecken. »Diese Ruhe hier … An deiner Stelle hätte ich mir schon die Ohren abgerissen.«

Nives lachte auf. »Sie gibt die Resonanz zu den Gedanken.«

»Ist das gut?«

»Ist das schlecht?«

»Es kann passieren, dass man in eine Grube fällt ... Wie sagte noch der eine: Wenn du aufs Schwarze schaust, schaut das Schwarze am Ende dich an.«

»Mal schauen, wer zuerst lacht, hat verloren.«

Gezwungen zu sein, sich dem Banda gegenüber unbefangen zu geben, stach ihr tief ins Fleisch. Wenn sie die Tür hinter sich schloss, kam es ihr vor, als werde sie von einem Felsblock erschlagen. Zuweilen musste sie sich kurz in den Fauteuil setzen, bis das Zittern der Knie verging. Auch in solchen Augenblicken überkam sie manchmal Sekundenschlaf, der sich wie Bewusstlosigkeit anfühlte, aus der sie mit einem laut ausgerufenen »Verdammte Scheiße noch mal!« aufwachte. Dann trat sie vor das Hochzeitsfoto, das schon immer auf dem mittleren Regalboden der Vitrine stand, zwischen den Tellern des guten Geschirrs, das in all den Jahren vielleicht dreimal benutzt worden war. »Schau, was du mir angetan hast«, knurrte sie gegen den hübschen, jungen Ehemann an, mit dem feinen Schnurrbart und dem Lächeln eines Schauspielers. Nives hielt wenige Augenblicke stand, bevor sie sich in einem Meer der Nostalgie auflöste. Aber immer noch ohne zu weinen.

Bei einem Ausbruch dieser Art, bedrückt bis auf die Knochen, schwenkte sie den Blick nach rechts, zu einer Sie mit blonden Locken. Sie ließ den Blick auf dem gerahmten Bild ihrer Eltern ruhen – sie hatte sie schon immer als zwei Schutzengel empfunden. Sie wandte sich an die Mutter, die im Bild wohl gerade zwanzig war: »Fiammetta, schau, wie schön du bist …«, murmelte sie. »Und schau mich an.« Dabei fiel ihr eine Geschichte ein, die sie schon als Mädchen immer zum Lachen gebracht hatte.

Zu Zeiten des Krieges, als man den schönen Roberto an die Front geschickt hatte, zum Herzeleid von Frau, Mutter und Schwestern. Nives sah die Emphase, mit der ihre Mutter stets jenen Winter in Erinnerung behalten hatte: allein, in dem schäbigen Haus, das noch nach Orangenblüten duftete. Kaum dem Mädchenalter entwachsen, war sie aber fest entschlossen, in diesen Räumen auf ihren Mann zu warten. Sie schlief im Kalten, im Licht eines rasch erlöschenden Kerzenstumpfs. »Eine Liebesfee«, wie Nonna Landa sagte. Briefe kamen derart selten, dass es zum Verzweifeln war. Die dunklen Nächte, unterbrochen vom Dröhnen der Bombardements in der Stadt, die bis ins Dorf zu hören waren. Fiammetta hatte Angst. Sie warf sich eine Decke über den Kopf und verharrte so, während sie die Minuten zählte. Eines Tages kam sie auf folgenden Einfall: Sie nahm ein Heimchen und stellte es in einer Schachtel auf den Nachttisch. Es leistete ihr Gesellschaft. Sie sprach mit ihm, redete ihm Mut zu und ermunterte damit sich selbst. Ein halbes Jahrhundert lang war die Rede davon gewesen, wie sehr das Tierchen eine junge Frau vor der Pein einer Erwartung gerettet hatte, die derart verzehrt, dass man in jungen Jahren weiße Haare bekommt.

Als Erstes betrat Nives den Kaninchenstall. Sie holte sich einen Käfig, der dort verkam, und spülte ihn sauber. Dann zog sie die Tür zum Hühnerstall auf, sah all die blasierten Primadonnen. Zunächst wurden sie unruhig vor lauter Licht zu dieser ungesunden Stunde. Einige fühlten sich wohl in der Pflicht, ein Ei zu legen, zeigten sich aber verstopft ob der Überraschung, derart aus dem Schlaf gerissen zu werden. Der Hahn stolzierte gravitätisch auf und ab, als wären ihm Fremde ins Haus gefallen. Nives ging zielstrebig und geduckten Hauptes auf eine bestimmte Henne zu, die zusammen mit anderen trotz des Getümmels weiter döste. Sie packte sie am Halsansatz und zog sie an sich.

Erst im Käfig wachte Giacomina auf. Sie riss das Köpfchen hoch und schlug gegen die Eisenstäbe. »Was für ein Schwung!«, sagte Nives unter ihrer Decke und gab ein paar Körner ins Futterloch: tok tok. Der Henne war es auf der Stelle egal, rundherum nicht die Zellen des Hühnerstalls zu sehen, in dem sie geboren war. Sofort tauchte sie ihren Schnabel ein.

Nives' erster Gedanke beim Aufwachen war: ›Ich habe geschlafen wie eine Königin.‹ Sie musste lachen. Mit Giacomina an ihrer Seite schien es ihr, als habe sie selig geschlafen.

Die Henne war da, hockend, aber in Habachtstellung. Ihr Profil zeichnete sich gegen die Lampe ab. Wie üblich wirkte sie wie eine debile Entwurzelte, gleichzeitig hatte sie etwas Soldatenhaftes. Aus dem Hinterteil lugte sogar das Köpfchen eines seinem Volumen nach knausrigen Eis hervor. Es changierte ein wenig zu sehr ins Bläuliche. Taubenartig beinahe. »Das ist die Veränderung«, sagte Nives. Dann streckte sie sich noch ein Viertelstündchen aus.

Von einem Tag auf den anderen fing sie an, das Telefon zu verulken: »Du kannst mich anstarren, so viel zu willst. Du wirst eh nur den Mond anbellen.« Sie ging mit einem beeindruckenden Elan ans Werk. Garten und Vieh waren rasch versorgt; dasselbe geschah mit den Räumen, sogar die Fenster kamen dran. Einen Frühjahrsputz dieser Art hatte es seit '71 nicht mehr gegeben, als Nives sich mit ihren zwanzig Jahren in das rechte Licht rücken wollte vor ihrem Mann, der bei Tagesanbruch auf den Acker ging.

Kurz, sie fühlte sich wie neugeboren. Wohin sie sich auch bewegte, nahm sie Giacomina mit, die sie nun wie eine zarte Blume in der Vase in ihrem Käfig aufbewahrte, vor allem Unbill geschützt. »Wär ich zu einem Doktor gerannt, hätt er mich mit Tabletten und starken Tropfen vollgestopft«, sagte sie mit Blick auf ihre Freundin, die wie immer von allem entrückt war. »Dabei hast du gereicht.«

Abends fand Laura ihre Mutter wieder aufgeblüht vor, in der Frische eines jungen Mädchens. Einmal musste sie nachfragen, um alle Zweifel auszuräumen:

»Mama, hast du angefangen zu trinken?« Nives musste herzhaft lachen. Sie sah Giacomina durch das Wohnzimmer staksen, wo sie ihr Auslauf ließ. »Schlimmer«, gab sie scherzhaft zurück. Es machte ihr Spaß, die Tochter ein wenig zu erschrecken.

Nives nahm die Henne auch mit ins Bad. Wenn sie sich vor den Fernseher setzte, kauerte Giacomina sich auf den Fauteuil, wo der Abdruck Anteos immer noch zu erkennen war. Es war ulkig, sie da zu sehen, mit dem besessenen Auge vor einer Quizsendung oder dem Gelaber von Politikern, die sich gegenseitig statistische Angaben an den Kopf warfen. Nives kommentierte das Hickhack der überbezahlten Quasselstrippen laut: »Schau dir diese Welt an, meine Freundin.« Zuweilen kam ein Glucken als Antwort. Die Frau nickte. »Genau.«

Das kleine Tier zu putzen war auch nicht ekliger, als sich mit Schere und Nagelzange an den Fußnägeln ihres dahingegangenen Mannes abzumühen, insbesondere in letzter Zeit. Manchmal hatte er sich mit Widerhaken präsentiert, die drauf und dran waren, ein Loch in die Stiefel zu bohren, wobei der Dreck sich seit Wochen in den Falten eingenistet hatte. Nives brachte gern die Federn ihrer kleinen Freundin zum Glänzen, mit einem feuchten Tuch fuhr sie ihr auch über den Schnabel. Sie reinigte sie von frischen Popeln. Und rasch gewöhnte sie sich an den besonderen Geruch, der sich im Haus allmählich festsetzte.

Im Gemüsegarten grub sie die Regenwürmer aus

und legte sie in einer Schüssel beiseite. Nach der Arbeit spülte sie sie im Spülbecken ab und präsentierte Giacomina einen tagesfrischen Teller Spaghetti. Diese dankte es ihr mit schönen Eiern, die Nives sofort austrank oder zu einem Rührei verarbeitete, was ihr noch besser schmeckte. Ein schönes Geben und Nehmen.

Kritische Momente gab es nur wenige. Insbesondere wenn sie sich bei diesem Gedanken ertappte: Sie hatte Anteo durch ein lahmes Huhn ersetzt. Was sie beeindruckte, war Folgendes: Mit Giacomina an ihrer Seite vermisste sie nichts von ihrem Mann. Es befiel sie eine Niedergeschlagenheit, mit der sie nichts anzufangen wusste, und sie sagte sich: ›Ich hab mein Leben für einen gegeben, den ich hätte durch ein Huhn ersetzen können.‹ Sie fühlte sich schmuddelig. Aber auch vergeudet. Dann riss sie sich zusammen, indem sie das gewohnte Verlangen aus früherer Zeit heraufbeschwor, das ihr aber nicht mehr so unter die Haut ging wie früher: Anteo, der ihr den ersten Strauß Mohn überreichte. Anteo, der sie beim Herbstfest in den Armen hielt. Anteo, der beim Anblick der aufblühenden Sonnenblumen sagte: »Die geben weniger Licht als du.« Nichts dergleichen. Gerade mal ein beiläufiges Lächeln, wie einem Hündchen gegenüber, das um einen Knochen auf dem Teller bettelt. Nicht einmal beim Durchblättern des Familienalbums war sie imstande, sich auf einen Hauch von Leidenschaft einzulassen. Sie sagte laut: »Das war das Tanzturnier, das wir '79 gewonnen haben … Das ist das Essen zum dreißigjährigen Hochzeitsjubiläum …« Giacomina saß gesittet daneben, auf dem gestopften Samtkissen, das ihr Mann stets so eifersüchtig verteidigt hatte. Die Henne pickte mit dem Schnabel besonders auf ein Foto. »Das ist Domenico, der hieß nicht nur so, er war auch ein Sonntagskind. Mein Cousin, mütterlicherseits. Sie nannten ihn Dromedario, um klarzumachen, wie viel Lust er hatte, sich mal ein Stündchen bei der Arbeit zu verausgaben. Dann ist er nach Venezuela, als Taxifahrer, und seitdem hab ich ihn nicht mehr gesehen.«

Als Bandini zum ersten Mal wieder mit dem Wocheneinkauf erschien, stieß er beim Wermut auf die Henne. »Nives, ein Federvieh ist dir ins Haus gekommen«, sagte er und war drauf und dran, die Henne mit einem Fußtritt gen Ausgang zu befördern. Nives fuhr dazwischen: »Untersteh dich!« Sie nahm Giacomina hoch und drückte sie sich an die Brust. Graziano schrumpfte beim Anblick der Szene das Herz auf Größe eines Traubenkerns zusammen. Da er nichts darauf zu sagen wusste, trank er sein Glas in einem Zug aus und verschwand.

Die Neuigkeit sprach sich bald bis Frankreich herum. Noch am selben Abend fragte Laura frei heraus: »Mama, stimmt es, dass du dir eine Henne im Haus hältst?« Nives schleuderte einen vergifteten Pfeil gegen diese Plaudertasche von Banda, aber letztlich wurde ihr klar, dass er aus echter Sorge und Zuneigung die Angehörigen verständigt hatte. »Und was ist mit dir, die du mit einem Schneckenfresser schläfst, der nie den Mund aufkriegt?« Auf die Provokation ging die Tochter nicht ein. »Das ist aber nicht normal.« Nives fühlte sich in ihrem Innersten berührt. »Signorina, damit das klar ist: Ich leiste mir Gesellschaft, wie es mir passt. Denkt ihr mal lieber dran, die Pacht einzustreichen, das ist eine Sache, die ihr wunderbar hinkriegt. Wenn mir danach ist, stell ich mir auch einen Esel ins Wohnzimmer.« Und legte auf.

Im Fauteuil kauernd sah Giacomina die Werbung für Dash. Auf dem Bildschirm war das Bullauge einer Waschmaschine zu sehen, die mit aller Kraft schleuderte. Die Henne starrte gebannt hin. So fand Nives sie, mit angeblitztem Auge.

Wenn so was vorkam, ließ sie die Dinge einfach abflauen; das Tier zu schütteln schien ihr zu riskant, sie hätte ein Trauma auslösen können wie bei einem Schlafwandler. Nach fünf Minuten begann sie, sich zu räuspern, aber ohne Erfolg. Im Fernseher lief inzwischen etwas anderes. Nives stand auf und berührte Giacomina sachte an einem Flügel. »Bist du in Trance?«, murmelte sie. Nicht einmal ein Zittern. Schließlich beschloss sie, die Sache auf sich beruhen zu lassen, griff nach der Fernbedienung und schaltete alles aus.

Giacomina schien wie aus Holz. »Hei, Püppchen«, versuchte Nives es wieder in mütterlichem Tonfall. Wenn das so weiterging, wurden am Ende noch die

Augen des Tieres steif. Vielleicht hatte es schon vor dem Telefongespräch die Lider nicht mehr bewegt. Es hockte da, mit seinem gewohnt debilen Ausdruck, der Schnabel war kaum merklich geöffnet, wie bei einem unendlichen Erstaunen. Nives beugte sich wieder über die Henne, berührte sie aber nachdrücklicher. »Was ist, bist du wach gestorben?«

Jeder andere hätte lachen müssen beim Anblick des Federviehs, das wie beim Kinderspiel die Statue mimte. Nives bekam Herzklopfen. Vorsichtig nahm sie die Henne hoch. Als hätte sie Kristallglas in den Händen. Sie versuchte, sie zu schütteln. Giacominas Kehle entfuhr ein seltsamer Laut: *gh*, wie von einer Reibtrommel. Sie blieb aber versteinert. Nives wiederholte den Laut ein paar Mal, als würde sie einen Säugling in den Armen wiegen: *gh, gh, gh.* Dann setzte sie sie wieder auf den Fauteuil. Sie ging in die Küche, holte einen Kochtopf und die eiserne Kelle. »Ich mach dich jetzt wieder munter«, murmelte sie und schlug auf den Boden des Kochtopfs, aber noch verhalten. Nichts. Sie ging einen Schritt näher heran. Und noch ein Schlag, schon gezielter. Giacomina rührte sich keinen Deut. Nives ging sogar durch den Kopf, San Francesco zu bemühen und einen Meter vor der Henne einen Schuss abzufeuern. Sie zog es dann doch vor, es noch mal mit dem Kochtopf zu versuchen, und diesmal schlug sie so heftig zu, dass es sie selbst bis ins Mark erschütterte. Die Henne zeigte keinerlei Reaktion.

Und wo sollte sie jetzt eine andere eierlegende Freundin solchen Gemüts hernehmen? Nives wusste es bereits: Von Giacomina ging eine besondere Kraft aus. Nives benötigte sie, um nach Anteos Tod in ihrer neuen Einsamkeit die Konturen des eigenen Ich zu finden. Aber das war keine leichte Aufgabe, die sie von einem Tag auf den anderen erledigen konnte. Sie lief Gefahr, wieder in den kräftezehrenden Dämmerschlaf zu fallen. Oder schlimmer noch: sich Frankreich zu ergeben, was kurz gesagt bedeutet hätte, ihre letzten Tage auf dem Mars zuzubringen, wo sie nicht einmal imstande wäre, einen Kaffee zu bestellen.

Sie trat an das Telefonschränkchen und griff nach dem Heft, das sie als Adressbuch benutzte. Sie fand ihn unter B: Bottai. Das war der Tierarzt; schon immer war er gekommen, wenn es darum ging, das Vieh abzutasten. Nives sah auf die Uhr, es war erst kurz nach acht. Loriano war ein tüchtiger Viehdoktor, frönte aber dem Laster, zu tief ins Glas zu schauen, wie jeder wusste. Er begann frühmorgens und setzte der Leber bis zum Abend zu. Nach einem zwischen den Hinterteilen und dem Zahnfleisch von Ziegen und Färsen zugebrachten Tag gab er sich den Gnadenstoß, indem er sich mit der Schlussmelodie der Fernsehnachrichten ins Bett fallen ließ: der Nachrichten auf Rete 4, eigens auf alte Leute zugeschnitten.

Seine Frau nahm ab: »Pronto.«

»Donatella, entschuldige, wenn ich mit der Tür ins Haus falle. Nives hier.«

Die andere brauchte einen Augenblick, um der Stimme ein Gesicht zuzuordnen. »Cara, was für eine Überraschung!« An dieser Stelle ergriff sie eine Bestürzung ob der jüngsten Ereignisse: Anteos Tod und so fort. Sie fühlte sich wohl zur Ordnung gerufen und gab sich herzlicher als gewöhnlich: »Stell dir vor, erst heute hab ich an dich gedacht! Ich hab mir gesagt: ›Vielleicht schau ich mal an einem der nächsten Nachmittage …‹«

Nives war nicht nach dem Austausch von Nettigkeiten. Einerseits tat es ihr leid, die Serenade im Keim zu ersticken, aber sie hatte wirklich ein dringendes Anliegen: »Ist Loriano zu Hause?«

Donatella räusperte sich zweimal. »Er ist drüben«, brummte sie bereits in einem anderen Tonfall. »Ich war vor drei Minuten im Schlafzimmer. Er liegt da wie eine Mumie.«

»Sag, würdest du ihn ans Telefon holen?«

Es gab ein unverständliches Gemurmel, das der Peinlichkeit geschuldet war, das Offensichtliche einordnen zu müssen: Der Ehemann war sternhagelvoll. Donatella startete einen Versuchsballon, um nicht lange erklären zu müssen: »Vielleicht kannst du morgen früh anrufen, am Vormittag … Du weißt ja, er geht mit den Hühnern schlafen.«

»Wegen eines Huhnes rufe ich an.«

»Gibt es eine Infektion?«

»Es gibt einen Notfall.«

Eine frische Witwe abzuweisen war eine Angelegenheit, die sich womöglich rasch im gesamten Bezirk herumgesprochen hätte. Donatella überlegte, ob sie das Gespräch auf das Telefon im Schlafzimmer umlegen sollte, verwarf die Möglichkeit aber sofort wieder: Es war besser, wenn Loriano aufstand, um wenigstens einen Teil seines Bewusstseins wiederzuerlangen. Der Ton war bestimmt: »Augenblick.«

Am Hörer waren Geräusche verschiedener Art zu vernehmen: Fersentritte am Fußboden, dann Quietschen, fernes Wehklagen. Selbst ein bedeutender Heiliger wurde bemüht. Nives schaute auf Giacomina, die nach wie vor auf dem Fauteuil hockte. Sie sah unecht aus.

Irgendwelches Zeug schepperte auf den Boden, gleich darauf war die Stimme Donatellas zu vernehmen, aber wie aus einer anderen Sphäre: »Trottel!« Schließlich schien eine Hand irgendwie den Hörer zu fassen. Bottais Stimme klang kratzig vor lauter Müdigkeit und festsitzendem Rachenschleim: »Pronto, Nives … Mein Beileid.«

Schon bei der Beerdigung hatte er immer wieder sein Beileid beteuert. Sie befand sich im Gemütszustand eines Menschen, der gerade dem verpassten Zug nachschaut. »Hör mal, Loriano.«

»Sag.«

»Ich hab diese Henne.«

»Eine Henne.«

»Sie ist ganz dusselig.«

»Wer?«

»Die Henne, sag ich.«

»Die Henne ist dusselig?«

»Ja. Wie krieg ich sie wach?«

»Wie kriegst du sie wach?«

»Das frag ich dich.«

Am andern Ende gab es einen kurzen Aussetzer. Nives stellte sich das ausdruckslose Auge dieses Tierarztes mit dem Fimmel für große Korbflaschen vor. Schließlich fand Bottai wieder in den Wachzustand zurück: »Ist das ein Ratespiel?«

»Loriano, hörst du mir zu?«

»Ich hör dir zu.«

»Ich hab eine Henne, die sich bei der Werbung für Dash verkrampft hat.«

»Bei Dash.«

»Genau.«

»Der mit den Waschpulvertonnen.«

»Genau der.«

»Gibst du mir einen Fingerhoch?«

»Wie bitte?«

»Das war für Donatella.«

»Ich hab auf den Topf geschlagen, umsonst.«

»Du hast auf den Topf geschlagen.«

»Aber hat nichts gebracht.«

»Hör zu, mir geht es nicht besonders gut, und …«

»Loriano, es ist wichtig. Sagst du mir, was ich tun soll? Wenn du kommst, bezahl ich dir den Aufwand.«

Als er von dem Trinkgeld hörte, versuchte Bottai, Haltung zu zeigen. Wer den Pfennig nicht ehrt … Aber er hatte wirklich keine Ahnung. »Nives, ich blick da nicht durch. Du sagtest von Dixan?«

»Von Dash.«

»Von Dash.«

»Diese Werbung, die jetzt läuft, mit der Waschmaschine, die wie der Wirbelwind schleudert.«

»Die hab ich gesehen, glaub ich.«

»Die hat auch Giacomina gesehen.«

»Und?«

»Was weiß ich: Sie hat dabei die Starre gekriegt. Sie blinzelt nicht mal.«

Bottai holte tief Luft wie ein Rennläufer, er versuchte, mit einem Mal zu schlucken, was er getrunken hatte, und sich einigermaßen am Riemen zu reißen. Dann: »Nives, kenn ich diese Giacomina?«

»Es ist die Henne von vorhin.«

»Ach, die Henne.«

»Sie hat die Dash-Werbung gesehen und ist seitdem wie ausgestopft.«

»Hör mal, du weißt doch, wenn du mich beim Einnicken weckst, krieg ich Herzklopfen! Bring mir noch nen Fingerhoch, dann krieg ich mich wieder ein.«

»Wie bitte?«

»Ich rede mit Donatella.«

»Ich rede von meinem Püppchen.«

»Der Henne.«

»Ja.«

»Die starrt seit der Dash-Werbung nur noch vor sich hin.«

»Genau.«

»Und was soll ich da machen?«

»Du bist doch der Viehdoktor, oder? Wenn sie so weitermacht, verrottet sie mir noch im Wohnzimmer.«

»Hältst du die Henne im Wohnzimmer?«

»Ich halte sie dort, wo es mir passt. Fakt ist, dass man sie aufwecken muss.«

»Und wenn du dir Läuse ins Haus holst?«

»Sie bringt mir viel Seelenruhe ins Haus.«

»Diese Viecher scharren in der Scheiße.«

»Ich kenn Menschen, die machen Schlimmeres.«

»Wem sagst du das … Hör mal, die Impfungen haben wir alle gemacht, nicht wahr?«

»Ja.«

»Und wie sieht es mit der Schläfrigkeit aus?«

»Sie ist ein ganz normales Küken. Zu Mittag frisst sie die Engerlinge aus dem Garten. Ich halte sie wie eine Prinzessin.«

Bottai nuckelte an einem Glas, man konnte es am andern Ende hören. Langsam baute er sich zur Koryphäe auf, wenn auch mit dem Makel des Dösigen. Er hatte recht: Mit einem Viertelliter Wein fand er wieder Bodenhaftung, trotz des schleppenden Geredes. »Und was sagst du mir zu ihrem Federkleid?«

»Du solltest sie mal sehen. Wie in Porzellan gegossen.«

»Dann ist sie hypnotisiert.«

»Wer.«

»Giancarlina, na, wie sie halt heißt.«

»Giacomina.«

»Die eben.«

»Giacomina ist hypnotisiert?«

»Das sind dumme Viecher. Das kommt schon mal vor.«

Nives drehte sich der Magen um: »Schau du auf dein eigenes Zuhause.«

Loriano hüstelte. »Ach was, ich wollte doch nur sagen ...«

»Ist das gefährlich?«

»Nie von gehört, dass eine Henne dran gestorben wäre. Höchstens erklärt man sie für tot, und ein paar Minuten später stellt man sie mit Kartoffeln auf den Tisch. Die kriegt das nicht mal mit.«

»Heiliger Bimbam.« Nives sah Giacomina vor ihrem geistigen Auge schon im Bratofen und bekam schwache Knie. Dabei hatte sie ein Leben lang nicht wenige dieser Knöchelchen geputzt. Ohne angeben zu wollen, aber geschmortes Huhn kriegte sie ganz gut hin. »Ich muss gleich kotzen.«

»Das vergeht. Das ist die Anhänglichkeit.«

»Und wenn sie nicht mehr aufwacht?«

Bottai musste wieder tief Luft holen. Langsam ging ihm dieser Blödsinn auf den Keks. »Versuch mal, sie zu schütteln.«

»Hab ich schon. Ich hab auch schon auf den Topf geklopft.«

»Ach ja, der Topf …«

»Und ich hab sie hochgenommen. Hilft alles nichts: Sie bleibt verhext.«

»Wird ihr schon noch vergehen.«

»Und wenn nicht?«

»Nives, was soll ich schon sagen …«

»Und wenn ich ihr Riechsalz gebe?«

»Gute Idee, versuchs damit.«

»Kommst du nun morgen vorbei, sie anschaun?«

»Ja, ich komm gleich.«

Sie hellte sich auf. »Jetzt gleich?«

»Hab ich zu Donatella gesagt. Sie hat sich ins Bett verzogen. Und das heißt nichts Gutes.«

»Darf Donatella nicht schlafen gehen?«

»Sie schnarcht so stark. Damit hat sich's: Ich kann dann nicht mehr einschlafen.«

»Meine Schuld?«

»Alfredina ist schuld, die da, wie heißt sie noch.«

»Giacomina.«

»Eben die.«

»Für mich ist sie ein Geschenk des Himmels. Stell dir vor, ihr hab ich's zu verdanken, dass ich noch nicht die Koffer gepackt hab für die Languedoc. Oder für die Klapsmühle, wenn nicht schlimmer. Und was das Schlafen betrifft: Es ging einfach nicht mehr. Nach einer Woche ohne Schlaf kam ich mir vor wie zwischen Wolken wandelnd. Aber mit ihr auf dem Nachttisch klappt es problemlos, von abends bis früh. Das ist doch traurig wie die Welt, nicht wahr?«

»Nein, nicht doch …«

»Du hast leicht reden: Du hast nachts Fanfarenbegleitung.«

»Gewöhnlich sauf ich mir schon vorher einen an.«

»Das ist das Laster.«

»Was ist schon keins.«

Es folgte ein Augenblick der Stille, sie hörten sich gegenseitig atmen. Der letzte Schlagabtausch hatte eine merkwürdige Verlegenheit aufkommen lassen. Als diese sich zu stark bemerkbar machte, sagte Nives: »Loriano.«

»Ja.«

»Ich frag das den Viehdoktor in dir: Ist es normal, den eigenen Mann gegen ein hinkendes Huhn einzutauschen und ihn keine Sekunde lang zu vermissen?«

Bottai verdrehte die Augen. »Ein tiefer Schmerz kann einem schon mal einen solchen Streich spielen. Du wirst sehen …« Plötzlich kam ihm die Eingebung: »Was heißt hinkend?«

»Sie hat ne krumme Hüfte.«

»Dann ist es das. Sondert sie ein Serum ab? Hat sie eine Infektion?«

»Ganz und gar nicht. Das ist eine alte Geschichte, mindestens ein Jahr alt. Es hat ihr nur die Kralle zermalmt. So wie es dem Favilli ergangen ist, mit den drei Fingern der rechten Hand, die er in der Drehbank gelassen hat. Ist ja nicht daran gestorben, fährt ja immer noch Traktor, auch wenn er vielleicht gar nicht darf.«

»Schläft sie noch?«

Nives drehte sich um, um einen Blick ins Wohnzimmer zu werfen. »Sitzt da wie in Stein gemeißelt.«

»Da hat sie's ja gut.«

»Langsam macht sie mir ein bisschen Angst.«

»Versuchs mit dem Riechsalz.«

»Aber morgen kommst du vorbei, nicht wahr?«

Loriano hielt sich bedeckt. Schließlich gab er der Versuchung nach: »Hör mal, meinst du, es funktioniert?«

»Was?«

»Diese Sache mit einer Henne auf dem Nachttisch.«

»Was?«

»Meinst du, man kann damit gut schlafen?«

»Oh, ich fühl mich wie wiedergeboren. Meine arme Mutter hatte dafür ein Heimchen.«

»Ein Heimchen.«

»Das hat sie vor den Nerven gerettet.«

»Ein Heimchen.«

»Sie hielt es in einer kleinen Schachtel. Es hieß Guglielmo. Wenn sie mir davon erzählte, hab ich mich immer kaputtgelacht.«

»Das glaub ich.«

»Aber es hat sie vor den Nerven gerettet. Sie redete mit ihm.«

»Und was sagte sie zu ihm?«

»Ich war ja nicht dabei, musste erst noch auf die Welt kommen. Giacomina erzähl ich jedenfalls Märchen.«

Bottai drehte sich der Kopf, seis wegen des Weins, seis wegen der Knaller, die er von Nives zu hören bekam. Mit jedem Wort wurden unerwartete Karten aufgedeckt. Man brauchte den Worten dieser Witwe nur freien Lauf zu lassen, und es taten sich viele Schauplätze auf. »Als da wären?«

»Das von Giuccomatto. Giacomina auf dem Nachttisch zu halten hat mir ne ganze Flut davon wieder in Erinnerung gerufen. Die waren von Nonna Landa. Da geht es um Sachen von vor hundert Jahren ...« Von Lorianos Seite war immer wieder ein kleines Geräusch zu hören, Nives spitzte die Ohren. »Ist dir eine Zikade ins Haus geschlüpft? Ist nicht mal die Jahreszeit.«

»Das ist Donatella. Verstehst du jetzt, was ich meine?«

»Die Arme.«

»Sie. Und ich?«

»Klingt wie ein Moped.«

»Klingt wie die Strafe, die es ist.«

»Übertreib nicht. Sie ist ne gute Frau.«

»Keine Frage. Aber auch dem Nachbarn über uns löchert sie das Trommelfell.«

Nives versuchte sich zu erinnern. »Dem Pagliuchi.«

»Genau. Sag ich aber nur so.«

»Der hat gut ausgesehen, als er jung war. Er brauchte nur die Straße langzugehen, und wir waren alle aus dem Häuschen.«

Loriano wusste wirklich nicht, was sagen. Schließlich brachte er ein kaum wahrnehmbares »Eh …« heraus. Das schien ihm ein guter Augenblick für einen Versuch: »Nives, ich …«

»Als junger Kerl ist er in die Stadt gefahren und hat den Gigolo gegeben.«

»Ja, hab ich von gehört.«

»Man tut halt, was man kann.«

»Andere Zeiten, damals. Nives, jetzt …«

»Die Sache mit Rosaltea war echt ne kalte Dusche.«

»Madonna. Jetzt rufst du mir das wieder in Erinnerung …«

»Alle sagten damals, sie sei nicht ganz klar im Kopf. Dabei war sie einfach nur völlig verknallt.«

»Das sind Dinge, die sich nicht so einfach erklären lassen.«

»Nach all den Körben, die sie gekriegt hat, hat sie sich eines Tages vom Kirchturm geschmissen.«

»Ich war da.«

»Wie jetzt?«

»An dem Tag, an dem's passiert ist, war ich dort, auf der Piazza.«

»Hast du gesehen, wie sie runtergefallen ist?«

»Beinahe. Ich hab grade Kaffee getrunken, an einem Tischchen der Bar. Jetzt kommt mir alles wieder vor Augen: Es war Markt, mit allen Ständen. Ich hab mit Tancredi gesprochen, Friede seiner Seele. Plötzlich gab es einen dumpfen Schlag, als wäre ein Zementsack aus dem dritten Stock gefallen.«

»Es war aber kein Zementsack.«

»Nein.«

»Es war die Rosa.«

»Im Nachthemd«, stellte Bottai klar.

»Das wusste ich nicht.«

»Ich hab lange davon geträumt.«

»Als man es mir gesagt hat, ist mir schlecht geworden.«

»Nicht nur dir, dem ganzen Bezirk.«

Es gab einen Wimpernschlag der Stille. Bottai war drauf und dran, ihn zu nutzen, um das Gespräch zu beenden, das im Übrigen nach Hennen und Grillen einen Weg genommen hatte, der selbst einem Engel den Schlaf geraubt hätte.

Nives war schneller: »Wer weiß, wie das ist.«

Loriano hätte sich am liebsten eine Kugel in den Kopf gejagt. »Was?«

»Mit einer Toten auf dem Gewissen zu leben.«

»Nun mal halblang. Was Rosaltea auf den Kirchturm getrieben hat, kam von einer Krankheit. Renato hat nichts damit zu tun.«

»Wenn der kein Biest ist, wird er sich schon ein paar Fragen gestellt haben. Wäre er auf ihre Avancen eingegangen, dann wäre die Rosa ja vielleicht noch am Leben.«

»Man verliebt sich nicht auf Kommando.«

»Soweit ich weiß, war der liebe Pagliuchi sich nicht zu schade, ihr ab und zu unter den Rock zu langen.«

»Nives, wir waren jung, wir waren nicht aus Holz.«

»Du weißt, dass die Arme dir hinterhersabbert,

und was machst du? Du nutzt es aus, weil es dich reizt. Für dich ist es eine Laune, für sie stellt es sich wie eine Chance dar. Eine Minute später findet sie dich, wie du eine andere Stute reitest. Der liebe Renato Pagliuchi hat sie schon ein bisschen auf dem Gewissen, das arme Ding. Übrigens, soweit ich weiß, hat er nie geheiratet. Oder liege ich falsch?«

Loriano musste sich anstrengen, das Gespräch nicht auf der Stelle zu beenden. »Stimmt«, zischte er erschöpft.

»All diese Kracher zu Anfang, und jetzt sitzt er da, allein wie ein Hund, und bald ist er ein alter Mann.«

Aber diesmal wollte er sich nicht geschlagen geben. Loriano stellte klar: »Ich finde, er ist gut beieinander.«

»Wie willst du das wissen? Vielleicht verzehrt er sich innerlich.«

»Hab ich nicht den Eindruck. Er steht früh auf, geht lange spazieren wie ein junger Spund. Erst jetzt fallen ihm hinten langsam die Haare aus, bei mir ist das schon eine alte Geschichte. Als Busfahrer hat er sich kein bisschen verschlissen. Und ich sag dir noch was: Die Frauen schauen ihm immer noch nach, auch welche, die zwanzig Jahre jünger sind.«

Nives steckte die Abwehr mit Galle im Mund weg. »Dann heißt das eben, er lässt sich immer noch von seinem Unterleib lenken. Man sollte wissen, dass das Leben nicht nur aus Pimpern besteht. Ihr seid erbärmlich.«

Bottai war amüsiert. Diese alte Freundin, die ihn um den Schlaf gebracht hatte, mit dem Pagliuchi zu ärgern, schien ihm eine hübsche Rache. »*Ihr?* Was hab ich denn damit zu tun?«

»Ihr Kerle seid alle vom gleichen Schlag.«

Er ließ nicht locker. Er hatte eine offene Flanke entdeckt und stocherte nach: »Du regst dich ganz schön auf. Was kümmert dich Renato?« Er konnte nicht an sich halten und fügte hinzu: »Sieht fast aus, als hätte er auch dich angesengt.« Er biss sich aber sofort auf die Zunge. Es war nicht schön, so was zu einer frisch Verwitweten zu sagen.

Nives setzte die letzten Worte in die Welt, die Bottai hören zu müssen meinte. Sie sprach sie in aller Ruhe aus: »Wenns danach geht, nicht nur mich, sondern auch die Donatella.«

Auf der Stelle verflog ein Teil von Bottais Rausch. »Wie bitte?«

»Wir waren junge Mädels. Wir waren nicht aus Holz.«

»Wie bitte?«

»Wie ich gesagt hab.«

»Meine Donatella? Mit dem Pagliuchi?« Loriano brach in ein verhaltenes Lachen aus. Er hielt es ein wenig zu lang an, als dass es hätte spontan erscheinen können. »Nives, was redest du da?«

»Frag sie doch, die Trompeterin, die bei dir drüben liegt. Frag sie doch, wie sich manche Sommernachmittage anfühlten, die wir im Graben verbrachten.«

»Du machst Witze, nicht wahr?«

»Juli '66, um genau zu sein. Könnte mich aber auch täuschen. Vielleicht wars August.«

Bottai fing an nachzurechnen. Er zählte mit den Fingern. Die Rechnung war einfach, aber in seiner Benommenheit musste er dreimal nachrechnen. Am Ende war alles klar, und er sagte es, wie laut vor sich hin gedacht: »Sie war fünfzehn.«

»Genau wie meine Wenigkeit.«

Loriano wusste, dass er für seine Frau nicht der Erste gewesen war. Da hatte es zum Beispiel diesen Nando gegeben. Und noch einen, von dem er nicht mal mehr den Namen wusste. Affären von ein paar Monaten, höchstens einem Jahr. Was ihn selbst betraf, hatte er die Gunst einer Donatella um die zwanzig erworben. Dass auch Renato Pagliuchi seine Nase in gewisse Reize gesteckt hatte, wäre ihm nie in den Sinn gekommen. Nicht dass da jetzt sonderliche Näh-kästchen ans Licht gekommen wären, trotzdem fühlte er sich gekränkt. »Sie hat mir nie davon erzählt«, sagte er. »Meiner Meinung nach täuschst du dich da.«

»Entschuldige, was wär denn daran so schlimm?«

Bottai legte Wert darauf, sich locker zu zeigen. »Nichts, weiß Gott.«

»Du nimmst dir das ganz schön zu Herzen. Sieht fast aus, als hätte es dich angesengt.«

Loriano versuchte sich zu beruhigen, er erkannte, in welche Falle er getappt war. Nives tat ihm leid, in dem Haus in Poggio Corbello, mit einem verzauberten Huhn als einziger Gesellschaft. Sie kam vom Telefon gar nicht mehr los. Bei der ersten Gelegenheit hatte sie es darauf angelegt, die Ruhe einer Ehe zu unterminieren, die auf fünfzig Jahre Eintracht zulief. Ihre eigene gab es mittlerweile nicht mehr. Es kostete ihn nichts, der armen Frau Gehör zu schenken. Der Rausch klang inzwischen auf die unteren Stufen ab. Es blieb gerade noch ein Hauch von Betroffenheit, die er im Gesicht als Kribbeln spürte. Und was war auch schon dabei – dass Donatella auf den Feldern ihren Spaß gehabt hatte, war keine Gotteslästerung. Er sah zum Zimmer hinüber, aus dem die Schnarchgeräusche einer Ogerin drangen. ›Wohl bekomms dir‹, dachte er. Und sagte: »Habt ihr euern Spaß gehabt. Ist doch schön.«

»Der Trick bestand darin, nicht aus dem Häuschen zu geraten.«

»Wie bitte?«

»Mit dem Pagliuchi, meine ich.«

»Ach, der wieder.«

»Da hast du dich ein bisschen draufgesetzt, du hattest deine zwanzig Minuten Spaß, und die Post ging ab. Wenn du anfingst, ihm Briefe zu schreiben, ließ er dich sofort links liegen.«

»Wenigstens machte er keinen Hehl daraus.«

»Wäre man ja schön blöd gewesen, sich auf solche Spielchen einzulassen. Renato Pagliuchi war wie von goldener Hand gezeichnet, aber wer hätte je daran gedacht, ihn ernst zu nehmen? Schon nur bei der

Vorstellung, mit ihm eine Familie zu gründen, wuchs dir ein Paar Hörner. Es war schöner, sich unter uns Pfiffigen zu treffen und uns drüber zu unterhalten, so, wie es Mädchen in dem Alter tun.«

›Diese Hündinnen‹, dachte Loriano. Gleich darauf spürte er einen Schlag in die Magengrube, denn er sah auch Donatella darunter.

Nives kam zum Schluss: »Den Pagliuchi für sich allein haben zu wollen war wie sich selbst den Todesstoß zu versetzen.«

Bottai sagte gedankenlos: »Der Rosa ist es so ergangen.«

Es kam Stille auf. Von der stürmischen Art, wo sich Ungeheuer aus dem Hintergrund abheben. Nives nahm eines bei der Hand. »Was willst du damit sagen?«

»Nein, nichts …«

»Mit ihr war es anders. Weißt du, da war eine Krankheit mit im Spiel.«

»Stimmt.«

»Sie hatte sich darauf versteift. Sie wollte ihn ganz für sich allein.«

»Soll sie in Frieden ruhen.«

»Nach einem verstorbenen Mann willst du mir auch dieses Kreuz aufbürden?«

»Welches?«

»Du weißt schon.«

»Nives, ich wollte wirklich nicht …«

»Wir waren nicht dran schuld.«

»Das hab ich nicht gesagt. Ich denk es auch nicht.«

»Renato hat sich weiter drauf eingelassen. Sie tat ihm leid. Und schön war sie auch.«

»Dem ist nichts hinzuzufügen.«

»Wir Mädels sind zum Graben gegangen, aber nicht, um ihr eins auszuwischen.«

»Ist ja gut, beruhig dich.«

»So. Jetzt krieg ich Angst.«

»Wovor?«

»Ich stelle mir Rosaltea hier vor, im Nachthemd und mit gespaltenem Schädel.«

»Es ist niemand da.«

»Jetzt hab ich sie schon gerufen. Wenn ich ins Bad gehe, sehe ich sie vielleicht im Spiegel.«

»Nives, red keinen Quatsch.«

»Vielleicht hat sie mir die Henne verhext. Kaum lege ich auf, macht sie den Schnabel auf und fängt an, mit mir zu reden.«

»Sie ist nur hypnotisiert.«

»Aber das geht nun schon eine ganze Weile so. Das wollte sie, dass ich dich anrufe, dass ich die alten Kamellen, die fünfzig Jahre her sind, aufwärme, damit ich dann vor lauter Herzklopfen draufgehe. Hast du's gemerkt?«

»Was.«

»Nichts hast du gemerkt.«

»Was.«

»Fernanda Demaria, zum Beispiel.«

Loriano kam das Begräbnis der lieben Freundin

vor Augen, das war auch schon ein Jahr her. »Was hat denn die arme …«

»Lorenza Tucci. Ohne die zu erwähnen, die zehn und mehr Jahre älter sind, die Bonelli. Weißt du noch, die Bonelli? Oder dieses Mannsweib der Vanda. Alle tot.«

»Nives …«

»Die Rosa hat schon angefangen.«

Loriano konnte nichts dagegen tun: Er spürte ein Schaudern, das ihn gegen den Strich zu bürsten schien. Es folgte eine Mischung aus Spaß und Mitleid. Die erzwungene Einsamkeit der Frau rief unerwartete Gespenster auf den Plan. »Meinst du das ernst?«

»Wir werden eine nach der andern hinweggemäht. Was mich betrifft, hat es mit Anteo angefangen. Dabei hättest du mal die Befunde sehen sollen, alles astrein. Völlig sauber, gegens Licht gehalten.«

Bottai versuchte, die richtige Haltung einzunehmen. Offensichtlich war er zu einer anderen Aufgabe berufen, einer weitaus heikleren als der, sich zu einer Henne zu äußern, die sich in der Reklame verfangen hatte. »Sterben ist was völlig Normales«, sagte er. »Die Bonelli: Mit knapp achtzig Jahren das Zeitliche zu segnen ist für dich der Fluch eines Geistes? Wenn etwas die Lebenden straft, ist es das Leben selbst. Da braucht man keine bösen Geister zu bemühen. Die haben, wennschon, einen anderen Namen.«

»Nämlich?«

»Was weiß ich. Schuldgefühle, zum Beispiel.«

»Schuldgefühle.«

»Zum Beispiel.«

»Und was wäre das für ein Gespensterchen?«

»Das, was du siehst. Was du sehen willst.«

Loriano hatte den Eindruck, Nives denke darüber nach. An sich wäre es eine gute Gelegenheit gewesen, die Pause zum Anlass zu nehmen, eine gute Nacht zu wünschen, aber er war ja kein Scheusal. Die Freundin war verängstigt. Manche Erinnerung suchte sie nachts als Erscheinung heim. Er wollte sie nicht auf dem Gewissen haben.

»Es hat schon angefangen«, bekräftigte Nives erneut, gänzlich unbeeindruckt. »Wenn es mit euch macht, was es mit mir gemacht hat … Also, wie gehts dir denn mit der Prostata? Nur um mal zu fragen.«

Bottai reagierte instinktiv: Er griff hin. Aber er musste sich mit fester Stimme vernehmen lassen, wie ein richtiger Doktor. »Wollen wir mal die Kirche im Dorf lassen.«

»Du hast Äderchen, die platzen.«

»Wie bitte?«

»Rund um die Augen. Auch deine Wangen sind voller Netze von Blut in der Haut. Vielleicht ist es der Blutdruck.«

Loriano ging einen Schritt zur Seite, um sich in dem Spiegel zu betrachten, der dort hing. Ein Katafalk mit Rostspuren an den Rändern. Das Prunkstück war der in Blattgold gearbeitete Rahmen. Dort drin lebten die verblichenen Spiegelbilder vieler Bottai, der Familienälteste hatte bis in seine letzten Tage gesagt, er sei vielleicht zu Beginn des 19. Jahrhunderts gemacht worden, als von Italien noch nicht einmal die Ursuppe bestand. Er sah zerzaust aus. Mit vollen, prallen Backen. Zuweilen sagten es ihm seine Kumpane beim Kartenspiel: »Lollo, haben sie dich in die Mangel genommen?« Er lachte nur. Aber eigentlich wurmte es ihn, die Form früherer Tage eingebüßt zu haben. Eine Schönheit war er nie gewesen, aber in gepflegtem Zustand war er durchaus ansehnlich, selbst mit der Halbglatze, die nahezu bis in den Nacken reichte. An den Seiten hielten die Locken aber stand, und hinten auch. Das starke Stück waren jedenfalls die Augen, mit ihrem seltenen Silberton. Er fasste sich an die Wangenknochen. Die Fingerspitze tauchte bis zur Hälfte des Nagels ins Fleisch ein. »Ich komm mir ganz normal vor.«

»Das ist das Saufen. Und die gespannte Wampe. Das verursacht die Kurzatmigkeit. Wenn du fünf Stufen hochgehst, kommst du ins Schnaufen, gibs zu.«

Bottai bekam auch in dem Augenblick Herzklopfen. »Hab mich noch nie so blendend gefühlt wie jetzt«, sagte er. Kam aber nicht so gut rüber, eher ein Röcheln.

»Das glaubst du ja selber nicht.«

»Bist du jetzt auf einmal Ärztin?«

»Also, die Donatella legte sich im Schatten des Kastanienwäldchens hin.«

»Schön für sie.«

»Sie hat die arme Rosaltea krank gemacht, wie viele von uns. Die Tucci, zum Beispiel. Oder die Demaria …«

Vor lauter hypnotisierten Tieren auf dem Nachttisch, Erkundungen unter dem Rock seiner jungen Frau und Gespenstern um zehn Uhr abends packte Loriano eine Art Schwindel. Er tapste mit den Pantoffeln auf die Fliesen und sagte mit fester Stimme: »Nives, es ist jetzt spät.«

»Bei Anteo hat es auch so angefangen, mit Müdigkeit. In letzter Zeit brauchte es ordentliche Böller, um ihn aus dem Bett zu kriegen.«

»Ich wach um sechs Uhr morgens auf, du musst schon entschuldigen, aber …«

»Milchkaffee und Fernet?«

»Das geht dich nichts an.«

»Und bis zum Abend durch, ohne Unterlass.«

»Das ist meine Angelegenheit.«

»So macht sie's mit euch.«

»Wer.«

»Die Rosa.«

»Die Rosa?«

»Sie holt weit aus und kriegt dich mit tonnenweise Flaschen, die du um den Hals hängen hast. Du siehst sie nicht, vielleicht spürst du sie nicht mal, wie du solltest. Aber glaub mir, die kommen dann alle auf einmal.«

Einen Augenblick lang stockte Loriano der Atem. Er versuchte sich vorzustellen, was er sein Leben lang alles getrunken hatte – mit einem Bein stand er bereits im Grab. Vehement widersetzte er sich: »Blödsinn. Es ist kein Gespenst, das mich zur Flasche greifen lässt.« Er fühlte sich ein wenig idiotisch, so was zu sagen.

»Du hast eine gute Arbeit, eine besondere Frau. Euer Amedeo macht Karriere in der Bank, und seit ein paar Jahren hat er euch das Enkelkind geschenkt, von dem alle träumen. Ein eigenes Haus, Urlaub am Meer … Was fehlt dir überhaupt?«

Loriano mochte es nicht, so durchleuchtet zu werden. Was wollte sie eigentlich, die schlaflose Witwe? Das hatte er nun davon, ihr die Schulter angeboten zu haben, damit sie dem Kummer der Einsamkeit Luft machen konnte: Nun stand er mit dem Rücken zur Wand. In düsterem Tonfall antwortete er: »Mir fehlt es an nichts.«

»Was ist es dann?«

»Hör mal, was weiß ich …«

»Die Rosa.«

»Wenn du es so nennen willst.«

»Wie sonst?«

»Es leistet mir Gesellschaft.«

»Es bringt dich um.«

»Soweit ich weiß, bin ich noch da.«

»Fürs Erste.«

Diesmal griff Loriano so vehement hin, dass er fast zusammengesackt wäre. »Willst du endlich aufhören?«

»Es hat euch in großem Bogen erwischt.«

»Du redest von einem Gespenst, das die Leute aus Rache abschlachtet. Nach einem ganzen Leben. Ist doch eine seltsame Verbissenheit.«

»Die schlimmste. Es weiß, welche Ketten wir mit uns herumschleppen.«

»Es könnte sich ja am Pagliuchi austoben, und dann hat sich die Sache. Auf alle Fälle hab ich schon verstanden, worauf du hinauswillst.«

»Worauf will ich hinaus?«

»Die Rosa ist diese Geschichte, die wir alle haben, die uns zuweilen nachts nicht schlafen lässt.«

»Und dich zum Trinken bringt.«

Loriano musste lächeln, aber bitter. »Na schön, auch ich hab meine Rosa. Zufrieden?«

»Wie siehst du jetzt die Lage bei Renato? Viel Schönheit und keine Familie.«

»Die Rosa.«

»Genau.«

Letztlich war es eine komische Art sich zu unterhalten, wenn auch ein wenig makaber. Bottai war nicht klar, ob seine Freundin das Gespenst als Metapher verstand oder tatsächlich dran glaubte. Er meinte, ein hinreichendes Patt erreicht zu haben, um die Plauderei zu beenden. Er überlegte, wie er wohl die Nacht verbringen würde. Im Licht des letzten Wortwechsels kam nicht infrage, eine Flasche zu entkorken und den Schwips wieder zu beleben, damit hätte er nur den Fluch auf sich gezogen. Vielleicht würde er ein Buch zur Hand nehmen, was schon lang nicht mehr geschehen war. Allerdings musste er sich Watte in die Ohren stopfen.

Nives machte die Verabschiedung zunichte: »Mit Donatella hat sie es fieser angestellt.«

»Wie bitte?«

»Schau doch, wo sie sie abgesetzt hat.«

»Wer denn. Und was?«

»Die Rosa, wer denn sonst.«

Bottai schluckte alle Zweifel hinunter, die er eben noch gehabt hatte. »Was soll sie jetzt wieder getan haben?«

»Du steckst mit beiden Beinen drin. Wie kommts, dass du das nicht merkst?«

»Nives, entweder du redest Klartext oder …«

»Du brauchst nur zur Decke zu schauen.«

Loriano lief es kalt den Rücken runter. Er stellte sich vor, den Blick nach oben zu richten und das arme Mädchen von früher oben ausgestreckt liegen zu sehen. In derselben unnatürlichen Haltung, in der er sie an jenem scheußlichen Tag auf der Piazza gesehen hatte. Er tat es schließlich. »Ich seh nichts.«

»Wenn dein Blick durch die Wand gehen könnte, wärst du nicht hier.«

Erst jetzt ging Bottai ein Licht auf. »Du meinst den Pagliuchi?«

»Das war das kleine Geschenk für Donatella.«

»Nives, du redest von Anfang an in Rätseln …«

»Die Ketten sollten weiterhin ordentlich rasseln.«

»Ich kann dir nicht folgen.«

»Das glaub ich: Du trinkst ja wie ein Botschafter.«

»Ich kann dir wirklich nicht folgen.«

»Antworte mal auf diese Frage.«

»Lass hören.«

»Wer hat früher über euch gewohnt?«

Loriano war in diesem Haus geboren und aufgewachsen. Er erinnerte sich gut an den alten Ansano und seine leicht verschrobene Frau mit ihrem Faible für schwarze Katzen. Sie hatte das Haus voll davon. Lange Zeit hatten sich zwei Gerüchte gehalten – vielleicht aßen sie sie. Sie ließen die Viecher sich untereinander paaren, ein großer Inzest von Müttern, Kindern, Vätern und Schwestern, und hauten sie ab und zu in die Pfanne, was nicht weiter auffiel. Eine Gewohnheit, die sich aus dem Krieg herübergerettet hatte, meinten böse Zungen, wo man den schlimmsten Hunger gekostet hatte, der einen dazu bringt, an den Wänden zu lecken. Das andere Gerücht besagte, Norma sei eine Hexe. Bottai hatte in zartem Alter eher zur zweiten Vermutung geneigt, so wie alle anderen Jungs der Bande. Von diesen Erinnerungen geblendet, sagte er: »Mit den Schleudern kamen wir hier herauf. Wir waren gut im Steineschleudern. Gewöhnlich waren wir zu dritt: Ich, Paride De Lorenzi und Ornello Pacchetti, genannt Resisti. Wir gingen an der Seite des Hauses in Stellung und zielten auf die Glocke der Kirche.«

»Ein Jux.«

»Ja, weil es gab damals nicht so viele Uhren.

Norma richtete sich nach den Glockenschlägen, um das Essen vorzubereiten, entsprechend setzte sie die Pasta auf. Wir legten uns mit geladener Schleuder an der Ecke auf die Lauer. Es schlug elf Uhr: *don, don, don* … Nach dem letzten Schlag warf der Erste von uns seinen Stein. Wenn er das Ziel verfehlte, stand gleich der Nächste bereit, mit schon gespanntem Gummizug. Don. Und schon war es Mittag. Norma stellte die Töpfe auf den Herd. Bald würde ihr Mann nach Hause kommen.«

»Habt ihr die Alte für blöd verkauft?«

»Ansano kam von seiner Werkstatt nach Hause, und die Nudeln waren schon völlig verklebt. Er fluchte sich einen ab, und wir machten uns vor lauter Lachen fast in die Hosen. Aber so wie Norma fielen auch andere Frauen auf den Scherz herein. Als eines Tages meine Mutter dran war, hörte ich auf. Die Tagliolini al burro kamen mir vor wie Mörtel. Damals wurde nichts weggeworfen.« Loriano seufzte auf. »Wenn sie jetzt vor mir stünden, diese Alten, würde ich sie fest umarmen. Wollte damit nur sagen, ja, ich weiß genau, wer über uns wohnte.«

Nives schärfte die Zunge, sie ließ sich keineswegs mitreißen und war bestrebt, den Kern des Gesprächs sofort wieder aufzunehmen. »Soweit ich weiß, blieb die Wohnung nach ihnen eine ganze Weile leer.«

»Stimmt.«

»Danach …«

»Danach ist Renato eingezogen. Die Wohnung

seiner Familie hat er verkauft, die war zu groß für einen allein.«

»Und so hattet ihr ihn über euch.«

»Sieht so aus.«

»Ausgerechnet ihn.«

»Ausgerechnet ihn.«

»Mit der Donatella unten.«

»Wo denn sonst.«

»Dieselbe Donatella, die wie viele andere zum Graben runtergegangen ist. Wohlgemerkt: nicht zum Blümchenpflücken. Die waren alle eher an einem anderen Stängel interessiert …«

»Will gar nicht wissen, an welchem.«

»Ein schön strammer allemal.«

»Nives, ich bitte dich.«

»Harte Jahre.«

»Inwiefern, entschuldige.«

»Des Schmachtens.«

»Was für Schmachten.«

»Also, du weißt schon.«

»Ganz und gar nicht.«

»Du warst unterwegs, den Arm den Kühen in die Rosette gesteckt. Und sie alleine zu Haus … wie öde. Um nach der Hausarbeit etwas abzuschalten, gibts das Fernsehen. Oder die Gymnastik dieses nicht mehr ganz so jungen Mannes, der einen Pakt mit dem Teufel geschlossen hat, vom Altern keine Spur. Die Jahre sind vergangen, aber er sieht immer noch so aus wie damals, '66.«

»Spioniert Donatella dem Renato nach?«

»Du weißt doch, wie das läuft, nicht wahr?«

»Nein.«

»Und ob du's weißt.«

»Sag du's mir.«

»Von einem Tag auf den andern ist es mit deiner Jugend vorbei. Die Hausarbeit, die Familie. Zu Beginn der Welt war dein Blut in Wallung, mit jedem Schritt warst du bereit, voll auf den Putz zu hauen. Du wirst vierzig, und schon siehts anders aus mit dir. Mit fünfzig wird es schlimmer. Die Tage schleppen sich ewig gleich dahin, es kommt das Jahresende, und einen Atemzug später wird schon wieder Weihnachten gefeiert. Die einzige größere Genugtuung ist, die Rechnungen bezahlt zu haben.«

»Sei froh, dass es noch so ist.«

»Es kann passieren, dass das Hirn sich in Bewegung setzt. Weiß ja jeder, steht das Leben still, nimmt die Beklemmung überhand. Man sucht nach etwas, das einem das Gefühl nimmt, sein Leben zu vergeuden. Einen Flirt aufleben zu lassen kann einem den Nachmittag retten. Einfach so, aus der Lust heraus, wieder in gewisse Zeiten einzutauchen, als das Leben noch nicht so eintönig war und du alles noch vor dir hattest.«

»Donatella denkt an Renato?« Loriano musste erneut lachen, und diesmal kam es wirklich von Herzen. »Das braucht sie nicht, sie sieht ihn ja jeden Tag.«

»Eben.«

»Was.«

»Sie sieht ihn jeden Tag.«

»Er wohnt über uns. Seit zwanzig Jahren ist er der erste Mensch, dem ich Guten Tag sage, wenn ich morgens aus dem Haus gehe.«

»Eben.«

»Nives, du treibst mir noch den Schweiß auf die Stirn, red mal Klartext.«

»Als Mädchen war Donatella eine echte Puppe.«

»Stimmt.«

»Heute ist das anders.«

»Das geht allen so.«

»Sie hat richtig zugenommen.«

»Na ja, nach Amedeo hat sie nicht mehr in die Figur zurückgefunden, die sie früher hatte. Das ist Veranlagung.«

»Muss ziemlich lästig sein.«

»Was soll ich sagen, sie redet nicht gern darüber. Ich merk es schon, um den Spiegel macht sie einen Bogen. Vielleicht erträgt sie es nicht, sich mit diesem Umfang zu sehen, sie bleibt lieber bei der Vorstellung von sich selbst, als sie zwanzig war. Geht mir ja letztlich auch so. Manchmal ertapp ich mich im Spiegelbild eines Schaufensters und bin ganz baff. ›Wer ist das denn?‹, sag ich mir. Das schlägt einem ganz schön auf den Magen. Gilt ja für alle.«

»Für Renato Pagliuchi nicht.«

»Ihn hat der Stern geküsst. Schön für ihn.«

»Denk an das Schmachten.«

»Ach komm.«

»Wir haben uns verstanden.«

»Ach was.«

Im nächsten Augenblick fiel bei Loriano der Groschen. Er sprach es aber nicht aus. Er wartete, dass Nives es aussprach. Vom anderen Ende kamen zwei Wörtchen: »Der Vergleich.«

»Ach, der.«

»Gezwungen, unter den Augen jenes Adonis zu leben, der dir als Mädchen die Gelüste raubte. Er hat sich gut gehalten. Du bist auseinandergegangen wie ein Fass.«

»Also bitte, übertreib mal nicht …«

»Eine echte Qual.«

Bottai seufzte. Er warf einen Blick zum Schlafzimmer hinüber, wo das Licht noch brannte und die Schnarchkonzerte unentwegt andauerten. Er empfand eine große Zärtlichkeit für die Frau, die dort lag. Auf ihrer Seite war die Matratze immer ausgebeult. Donatella zog schwere Nachthemden an, bevor sie ins Bett ging, selbst im Hochsommer. Wenn sie miteinander schliefen, löschte sie das Licht. Schon seit Jahren hatte Loriano sie nicht nackt gesehen. »Sie bleibt eine schöne Frau«, sagte er.

»Keine Frage.«

Bottai flüsterte es beinahe mit einem Lächeln auf den Lippen: »Ist Renato ihre Rosa?«

»Wenn du es so sagen willst.«

Die Welle des Geschwätzes schwappte erneut in

das Wasserloch des Nichts, das einen sagen lässt: »Na gut, danke für den Anruf, gute Nacht.« Aber inzwischen hatten sich viele Welten aufgetan, und Loriano staunte über dieses Verlangen: noch zwei Minuten. Umso mehr, als nicht er selbst angerufen hatte. Abgesehen vom Schlaf hatte er sonst nichts zu verlieren.

»Nives, weißt du, was ich mir gedacht habe?«

»Was.«

»Donatella ist meine Rosa. Oder zumindest eine von denen, die ich sehe.«

»Ich habs dir ja gesagt, sie kriegt euch im großen Bogen.«

Er seufzte. ›Blöde Alte‹, sagte er sich. Aber er gab den Schwung jener Woge der Melancholie noch nicht auf, die ihn plötzlich im Schlafrock am Telefonschränkchen gepackt hatte. »Nach Amedeo ist sie kaputtgegangen. Sie machte so ein Theater wegen des Gewichts … Auch auf mich war sie sauer. Vielleicht hab ich damals angefangen, zu tief ins Glas zu schauen.«

»Damals hat die Rache angefangen.«

»Ich hab den Eindruck, ich rede hier gegen eine Wand.«

»Wie bitte?«

»Nichts.«

»Manchmal wurde Dampf abgelassen. Ich erinnere mich dran, als wäre es gestern gewesen.«

»Von Donatella?«

»Von Renato. Du hättest ihn mal sehen sollen, ohne T-Shirt, unten am Ufer des Flüsschens, mitten im Juli und die Grillen rundrum. Wie in Bronze gegossen.«

Bei Bottai verlief sich das Tosen des Gefühls. Anstelle von Nives stellte er sich seine Frau im Mädchenalter vor, wie sie gerade wieder in ihre Unterhose schlüpfte. Es wäre ihm nie in den Sinn gekommen, aber nun war er plötzlich auf sie eifersüchtig, an irgendeinem Dienstagabend. Er empfand eine Art Groll; dennoch gefiel es ihm auch ein wenig, in den Gefühlstaumel gewisser Wallungen zurückzufinden. »Was sagte er denn?«

»Rosaltea ließ ihm keine Ruhe. Sie fing an, ihm nachzustellen. Alle paar Schritte lief sie ihm über den Weg. Sie schickte ihm Briefe über Briefe, die er nicht mal las. Eines Nachmittags, nachdem wir unser Ding gemacht hatten, sagte er: ›Vielleicht lauert sie auch jetzt hier rum.‹ Ich war noch oben ohne. Mich schauderte. Seit dem einen Mal war etwas anders. Es war schwierig, sich Renato zu verweigern. War diese Flasche mal entkorkt, hatte man nur noch einen Bammel: Einen solchen Trunk findest du nicht in jedem Keller. Zehn Minuten danach hättest du sofort noch mal nach der Flasche gegriffen, ich weiß nicht, ob ich mich verständlich ausgedrückt hab.«

»Du hast, Nives, du hast.«

»Und trotzdem, die Vorstellung, dass eine hoffnungslos Verliebte uns beobachtet, machte alles zunichte. Es reichte nicht, woanders hinzugehen, in den Graben oder ans Ende einer Gasse, Rosas dunkles

Äuglein hing stets in der Luft. Renato gefiel vielleicht die Vorstellung, beobachtet zu werden. Er war ein begnadeter Liebhaber, mit einer ganzen Reihe besonderer Fimmel. Wenn eine ihm in die Hände fiel, war es unmöglich, dass sie sich ihm nicht hingab. Außerdem gierten wir Mädchen danach, entdeckt zu werden ...«

»Red bitte weiter.«

»Irgendwann wurde es zum zweiten Thema, für uns, die wir darüber redeten. Das erste waren die jüngsten Spielereien. Danach ging es um Rosaltea. Sie hatte angefangen, auch uns aufs Korn zu nehmen, die Irre. Donatella war besonders beeindruckt von den Bosheiten.«

»Wir reden immer noch von *meiner* Donatella, nicht wahr?«

»Welcher denn sonst?«

Loriano seufzte. »Welcher denn sonst.«

»Wir fanden Schälchen vor unseren Haustüren.«

»Schälchen.«

»Schälchen mit Pisse.«

»Davon weiß ich nichts.«

»Und verknotete Schnüre auf dem Fensterbrett. Mit einem eingeflochtenen Stein.«

»Klingt nach Zauberkram.«

»Die Demaria hat einen Schnupfen gekriegt, der einfach nicht mehr aufhören wollte.«

»Das kommt vor, im Wechsel der Jahreszeiten.«

»Sie spuckte pausenlos Schleim.«

»Na ja, damals hielten sich die Krankheiten lang ...«

»Die Tucci hingegen fing an, sich an den Ellbogen zu kratzen. Und hinter den Ohren. Vor lauter Kratzen bekam sie blutige Flecken unter der Haut.«

»Das nennt man Schuppenflechte. Die kommt auch von der Nervosität.«

»Donatella hat es schlimmer erwischt.«

»*Meine* Donatella?«

»Ihre Muschi stank nach Verwesung.«

»Wie bitte?«

»Sie bekam den Geruch einfach nicht mehr weg. Das war zum Kotzen, schon auf zwanzig Meter Entfernung. Wenn sie in einen Laden reinging, ergriffen alle die Flucht. Es ging so weit, dass sie nicht mehr aus dem Haus ging.«

Loriano sah erneut ins Schlafzimmer hinüber. Hier lag also der Grund, weshalb er über gewisse Verkehre in jungen Jahren nie in Kenntnis gesetzt worden war. Sie endeten in der Peinlichkeit einer Scheidenentzündung. Er vergab seiner Frau alles, sofern es etwas zu vergeben gab. »Und dir ist nie etwas passiert?«, fragte er mit leicht ironischem Unterton.

»Ich hörte auf zu schlafen.«

»Was wohl heute noch anhält, wies aussieht ...«

»Nach einer Woche ohne Schlaf wusste ich nicht mal mehr meine Adresse. Mama schickte mich mit einer Riesentasse Kamillentee und Baldrian ins Bett, aber auch das half nicht.«

»Die Suggestion kann einem wirklich üble Streiche spielen.«

Nives redete, als würde sie jene Dinge erneut erleben. »Eine mit der Staupe, die andere mit Geschwüren. Donatella ins Zimmer gesperrt mit dem fauligen Gestank eines Aases. Und ich sah nur noch aus wie mein eigener Schatten.«

»Ein hübscher Streifzug durch Mikroben und Malaisen.«

»Das stand ja nun fest: Es gab einen Fluch. Mit Renato Pagliuchi unseren Spaß zu haben war schön gewesen, aber jetzt bekamen wir Gänsehaut, sobald wir nur seinen Namen hörten.«

»Besser spät als nie.«

»Eines Morgens hat man Frida Bonelli ins Krankenhaus gebracht. Soweit wir es mitkriegten, war ihr das Blut aus der Nase geschossen. Nachdem sie das Betttuch besudelt hatte, war es nicht möglich gewesen, den Erguss zu stoppen … Auch sie trat dann kürzer. Bald danach hatte sie nur noch für ihren Mann Augen, und das wars.«

»Ihr habt euch die Bakterien weitergereicht. Und die Neurosen.«

»Für Renato änderte sich nichts, er ging woanders auf die Pirsch, fing damals schon an, sich in der Stadt umzusehen.«

»Ich erinnere mich. Manchmal traf ich ihn im Bus. Ich hatte ne Menge Bücher mit, er trug diese Lederjacke, von der Sorte US-Flieger. Sie gefiel mir ungemein, war aber einfach zu teuer. Wir fuhren die Strecke gemeinsam. Ich sehe mich noch, in die Sitze gefläzt mit meinen Notizen. Er schaute sich die Landschaft an.«

»Er hatte schon angefangen.«

»Womit?«

»Er ging zu den munteren Damen.«

»Ach, das meinst du.«

»Das meine ich. Er verschwand von Montag bis Samstag. Manche Ehefrauen waren ganz aus dem Häuschen, aber die Sache mit dem Fluch hatte die meisten schon ernüchtert. Schwierig war es, sich im Zaum zu halten, wenn er urplötzlich vor dir stand. Er ließ dich mit seinen grünen Augen erstarren, und schon warst du weggeschmolzen.«

»Er ging in die Werkstatt.«

»Wie?«

»Ihm gefiel die Malerei. Er erzählte von diesem Künstler, der ihn mochte. Er ging ihm zur Hand. Und dabei lernte er.«

»Ja, das war damals sein Fimmel. Renato lief immer mit seinem verschlissenen Mäppchen rum, den Kohle- und Wachsstiften. Was einen leicht dazu brachte, sich zu verlieben, war, dass er dich nach der Liebe zeichnete. Du ließest ihn machen. Alles ließ man ihn machen, diesen Kerl ... Du legtest die Haare auf dem Gras aus und bliebst liegen, nackt in der Sonne, unter seinem Blick. Als hättest du dich ihm noch mal hingegeben. Wenn einer sich eine Vorstellung machen wollte von den Mädchen, die Renato Pagliuchi damals flachgelegt hat, bräuchte man nur seine Hefte anzuschauen, wo er übte. Es lief dir noch die Schenkel runter, und er tauchte dir schon eine andere Art Pinsel ein. Der genauso bohrte, vielleicht sogar tiefer.«

Loriano fühlte sich wie in einem Minenfeld, mit jedem Wort riskierte er, dass ihm das Bild der nackten und noch triefenden Donatella ins Gesicht platzte. »Maestro«, sagte er, um dem Gespräch eine Wendung zu geben, »so nannte er ihn.«

»Wen.«

»Den Typ da, den Maler. Den von der Werkstatt. Maestro.«

»Sie hatten eine Affäre.«

»Nives, was redest du da ...«

»Edoardo Gianbattista Freschi-Valeri.«

»Um den Namen auszusprechen, musste man sich einen Tag freinehmen.«

»Sie hatten eine Affäre.«

»Also, das ist die Art Blödsinn, die ich gar nicht hören will. Schlimmer als eine Rosa, die aus dem Reich der Toten zurückkehrt, um dich an deinem Lebensende umzubringen.«

»Er saß ihm Modell.«

»Das klingt schon anders.«

»Er zeichnete nackte Christusfiguren.«

»Christusfiguren?«

»Nackte.«

»Die in Wirklichkeit …«

»Wenn du dir die Bilder von damals anschaust, findest du eine Menge Renato Pagliuchi auf der Leinwand. Im Gesicht. Am Körper. Sogar die Muttermale sind dieselben. Im Dorf und in der Stadt gibts fast in jedem Haus eins. Den Frauen im halben Landkreis gefiel es, einen Adonis in Blickweite zu haben. Ganz offen, während die Männer im Fauteuil saßen und Zeitung lasen.«

Bottai ging im Geist die Wände seines Hauses durch. Kein Bild mit einer Kreuzigung oder Ähnlichem. Erleichtert seufzte er auf. Was von dem geheimen Leben seines langjährigen Freundes nun ans Licht kam, weckte durchaus sein Interesse. »Seinerzeit war er stadtbekannt wegen der Frauen und der Prügel, die er zuweilen von den eifersüchtigen Verehrern bezog. Er kam mit einem blauen Auge und aufgeplatzten Lippen in die Bar, Trophäen, um die viele von uns ihn beneideten. Ihn in der Gestalt eines Jesus verewigt zu wissen gefällt mir. Allemal eine Art, auf seine Kosten zu kommen.«

»Der Maler bezahlte den wundervollen Schüler mit dem Praktikum.«

»Wer Geld hat, findet immer einen Weg, keines rauszurücken.«

»Da wäre zu sagen, dass er die meisten blauen Flecken nicht von den gehörnten Verlobten bekam.«

»Von wem sonst?«

»Von seinem Vater.«

»Meinst du den alten Bardo?«

»Genau. Ein Arschloch.«

»Dabei war er uns Jungs gegenüber immer lustig. Er schenkte uns Zigaretten. Manchmal kaufte er uns auch Bonbons.«

»Am Abend bekam sein Sohn auch welche ab, in Form von Maulschellen.«

Bottai überlegte kurz. Er fragte sich, was dem Vater gegen den Strich ging: Er hatte einen bildhübschen Sohn, der von früh bis spät Frauen poppte. Für einen Vater, der so drauf war, war er ein Glückstreffer, der seiner Sippe alle Ehre machte, so als wäre es der Vater selbst, der Mädchen und Ehefrauen deckte. »Was hat ihm denn nicht gepasst?«

»Die Malerei an sich, zum Beispiel. Wenn es nicht darum ging, Häuserwände und Keller zu streichen, war Malen was Halbseidenes, wenn du verstehst, was ich meine.«

Loriano schüttelte den Kopf. »Bardo war nicht so grobschlächtig.«

»Die Leute sahen in ihm den Kumpel, den jeder sich wünscht. Aber in seinen vier Wänden nahm er den Sohn in die Mangel: die Arbeit, in erster Linie. Ihn auf die Akademie zu schicken kam überhaupt nicht infrage, das Geld war knapp. Aber Renato gab nicht klein bei. Er wollte unbedingt Maler werden. Er ging mit zerschlagener Fresse die Uferböschung runter, und soll ich dir die Wahrheit sagen?«

»Lass hören.«

»Wir standen erst recht auf ihn. Wir wurden zu den Rotkreuzschwestern, die er brauchte. Wäre es nicht eine Lästerung, würde ich sagen, dass er zerschunden noch besser aussah. Diese fleischigen Lippen, aufgeplatzt von den Backpfeifen. Wenn er lachte, rissen sie wieder auf und das Blut lief runter ...«

»Damit erklärt sich auch die Epidemie der Malheurs.«

»Bardo war ein starker Trinker. Außer Haus gab er den Kumpel; im Haus war er der Herrscher in der Art des versoffenen Despoten. Wenn Renato mit lädierter Visage zum Fluss kam, bekreuzigte sich manch eine, weil er jeweils nur knapp Zeit und wenig Lust hatte, sich das Geschwätz anzuhören. Aber mir gefiel das. Vielleicht sogar mehr als das Ausziehen ... Nein, so weit war es dann doch nicht.«

Loriano grollte in seinem Innersten wegen seines Freundes. »Ihr habt ihn benutzt.«

»So, wie er uns benutzte.«

»Er suchte Labung. Soweit ich's verstehe, mehr für die Seele als für die Lust.«

»Bei mir hat er sie gefunden. Bei anderen nicht.«

Bottai wollte das Gespräch etwas ankurbeln: »Auf alle Fälle, mit der Malerei war es schließlich vorbei. Am Ende wurde er Busfahrer und fuhr dieselben Busse, in denen ich ihn frühmorgens traf, mit dieser schönen Fliegerjacke.«

»Das ist seine Rosa.«

Loriano seufzte. »Tja ...«

»Und den Maler hat man später tot aufgefunden.«

»Wie bitte?«

»Inmitten seiner Bilder, in seiner Werkstatt. Mit einem Messer im Bauch.«

»Davon hab ich nie was gehört.«

»Die Nachricht schlug ganz schön ein, aber wer schert sich in den Dörfern schon um große Künstler. Die Demaria hat es in der Zeitung gelesen. Eines Nachmittags trommelte sie uns alle zusammen, die Augen fielen ihr fast aus dem Kopf.«

»Warum?«

»Wir haben es nicht gleich ausgesprochen. Wir riskierten, auf eine wirklich schäbige Ebene abzudriften. Die Tucci hat den Verdacht dann in Worte gefasst: ›Meint ihr, es war Rosaltea?‹«

»Nun ist es aber genug!«

»Das sagte ich damals auch. Ihr den Fluch anzulasten war eines, aber hier wurde es heikel.«

»Allerdings.« Bottai krampfte sich der Magen zusammen bei solchen Mutmaßungen. Es hieß auf alle Fälle, die Erinnerung an eine Tote zu beflecken.

»Du kennst doch Donatella. Beim nichtigsten Anlass sitzt ihr der Schreck in den Knochen. ›Sie will ihn ganz für sich‹, meinte sie. Die Demaria setzte noch eins drauf: ›Zum Maler zu gehen brachte Renato dazu, zu Hause auszuziehen, um in der Stadt unterzutauchen.‹ Das Tüpfelchen aufs i hab ich gesetzt, als ich ohne es zu wollen sagte, wie einen Scherz: ›Wenns danach geht, nervt es sie vielleicht auch, dass er nackt auf den Bildern zu sehen ist. Wenn sie blöd ist, dann durch und durch.‹«

»Ihr hattet viel Langeweile.«

»Auf der Straße warfen wir den Ehefrauen, von denen wir wussten, dass sie sich auf den Schönling am Ort eingelassen hatten, strenge Blicke zu. Wir grüßten nur verhalten. Das hieß: ›Nehmt euch in acht.‹«

Loriano musste kichern. »Maßlos wart ihr.«

»Für Renato war es jedenfalls ein harter Schlag. Nach den Vernehmungen fuhr er nicht mehr in die Stadt. Bardo sagte es ihm eines Abends ins Gesicht: ›Da siehst du, wo die Manie mit dem Zeichnen dich hinführt.‹ Er war damals recht bedrückt. Er fing auch an, öfter mal einen über den Durst zu trinken, was er eigentlich immer vermieden hatte angesichts der Art, in der ihr euch kaputt gemacht habt, wenn ihr die Abende in der Bar verplempert habt. Manchmal versuchte er den Anschein aufrechtzuerhalten, als wolle er sich am Riemen reißen: ›Gehen wir zeichnen?‹ So sagte er. Aber nun ließen ihn auch die weniger Hübschen abblitzen.«

»Haben sie ihn gefunden?«

»Wen.«

»Den Messerstecher.«

»Sie haben es auf eine Geschichte nicht getilgter Darlehen zurückgeführt. So was in der Art.«

»Ich wette: kein Name, kein Gesicht.«

»Ganz genau.«

»Daraufhin habt ihr euch komplett in die Rosa verbissen.«

»Zwangsläufig.«

»Die logischste Erklärung«, meinte Bottai ironisch.

»Sie wäre nie von jemandem verdächtigt worden.«

»Außer von euch.«

»Außer von uns.«

»Und Renato.«

»Für ihn war das anders.«

»Warum?«

»Für ihn gehörte sie zum Inventar. Heiße Flirts gab es viele. Mittlerweile erlebte er diese Anbeterin wie die anderen, er ließ sie einfach links liegen, ganz zerfressen vor lauter Begierde. Er genoss es, angehimmelt zu werden. Und so blöd war sie auch nicht: Sie verfolgte ihn wie vorher auch, hatte aber nun gelernt, sich dabei nicht erwischen zu lassen. Für Renato war sie eine von denen, die sich nach dem Auflodern damit abgefunden hatten. Von wegen.«

»Wie kannst du das sagen?«

»Ganz einfach: Wir spürten ihr nach.«

Loriano verdrehte die Augen. »Rosaltea verfolgte Renato, und ihr verfolgtet Rosaltea?«

»Womöglich hatte sie ja einen Maler umgebracht.«

»Und unter diesen Verrückten war auch Donatella?«

»Vor lauter Minzepomaden war ihr die Seuche in den Unterhosen vergangen, aber sie lebte von uns allen in der größten Beklemmung. Sie verzehrte sich mit dieser Macke: Sie musste wissen, wo Rosa war, sonst stellte sie sich stets vor, sie im Rücken zu haben. Also schnüffelte sie ihr nach. Aber das reichte nie aus. Um ruhig zu sein, hätte sie ihr bis aufs Klo folgen müssen.«

Bottai sah zum Schlafzimmer hinüber. »Wahnsinn.«

»Sie hatte zwei Leben. Ein normales, voller Lächeln und Lässigkeit. Und eines im Schatten.«

»Die Rosa, meinst du.«

»Die meine ich.«

»Sie war Kellnerin bei Momo.«

»Sobald sie die Schürze ablegte, wurde sie zu was anderem.«

»Viele drehten sich nach ihr um, wenn sie zwischen den Tischen durchging.«

»Ein verborgenes Gesicht.«

»Sie hatte ein Lächeln, das Tote erwecken konnte.«

»Wir arbeiteten in Schichten.«

»In Schichten?«

»Die einen gingen noch zur Schule. Etwa die Tucci, die Demaria. Ich war Lehrling in der Reinigungsfirma der Fracassi, mit halber Stelle.«

»Der legendäre Taddeo Fracassi …«

»Donatella war vom Glück gesegnet, sie bekam schon einen vollen Lohn.«

»Sie holt heute noch manchmal ihr Handwerkszeug raus und geht zu den Kundinnen nach Hause, die sich nur auf sie verlassen. Das sind schöne Tage.

Wenn sie sich abends zu Tisch setzt, ist sie mehr bei sich.«

»Da sie in der Familie arbeiten konnte, nahm sie sich eine Menge Freiheiten raus.«

»Hat sie die vergeudet, indem sie der armen Haut hinterherspioniert hat?«

»Auf die Dauer verlief sich die Sache für uns. Die Intrigen der ersten Stunden waren bald vergessen; in dem Alter läuft alles schneller. Mir zum Beispiel fiel der hübsche Kerl ins Auge, der sonntags aus dem Umland auf die Piazza kam …«

»Der arme Anteo.«

»Nach und nach ließen wir diese Zeitverschwendung sein. Ob Rosaltea oder nicht, der Maler lag nun mal unter der Erde. Wir hatten eine Zeit lang das Gefühl gehabt, in eine geheimnisvolle Sache verwickelt zu sein, das war alles.«

»Schön gesagt.«

»Aber Donatella konnte sich einfach nicht damit abfinden. Sie kam mit detaillierten Aufstellungen an. Da sie ihre Zeit unbedingt mit Beschattungen vergeuden wollte, ließen wir sie gewähren. Wir hörten ihr zu, so wie wir es mit den im Radio vorgelesenen Fortsetzungsromanen taten. Dann entdeckte ich etwas.«

»Was.«

»Die Rosa hatte einen Kerl.«

»Sieh mal an!«

»Sie trafen sich nachts, immer mittwochs. Unten,

am Sportplatz. Gleich hinter dem Restaurant. Wenn sie die Schicht hinter sich hatte, ging sie nicht nach Hause, sondern in die entgegengesetzte Richtung. Überleg mal, mittwochs außerhalb der Saison. Wenn Momo drei Tische besetzt hatte, kam er schon voll auf seine Kosten. So wie heute.«

»Der Beweis.«

»Was für ein Beweis.«

»Sie hatte ihre Affären. Dass der Kerl, von dem sie träumte, sie benutzt hatte wie einen Handschuh, war eine Qual gewesen, aber sie hatte sich damit abgefunden. Jetzt ließ sie Raum für anderes. Von wegen Verwünschungen und fürchterliche Verdächtigungen.«

»Es war Bardo.«

»Wer.«

»Der Kerl von Rosa.«

Loriano musste sich am Telefonschränkchen festhalten. »Was sagst du?«

»Er wars.«

»Nives, das sind Sachen, die …«

»Da sie den Sohn nicht bekam, nahm sie sich im Verborgenen den Vater. Immerhin blieb sie beim Temperament der gleichen Sippe. Etwas von Renato kriegte sie so doch ab.«

»Das glaub ich nicht.«

»Ich erfinde das nicht.«

»Vielleicht habt ihr schlecht gesehen.«

»Wir haben gesehen, was wir gesehen haben.«

»Das sind keine sympathischen Anschuldigungen.«

»Das Biest war Bardo. Er ging damals auf die fünfzig zu. Er konnte es wohl kaum fassen, ein Mädchen in die Finger zu bekommen, das noch keine achtzehn war.«

»Soweit ich weiß, lebt er noch im Altersheim.«

»Er wird jetzt hundert Jahre alt sein … Sie trafen sich am Sportplatz, sie machten, was sie machen mussten. Wenn es zur Sache ging, gingen wir weg, mit Gänsehaut bis zum Haaransatz. In unseren Augen war Bardo schon damals ein Tattergreis.«

»Was für eine Geschichte.«

»Rosaltea hatte diese Macke.«

»Hat sie dem Pagliuchi trotzdem nachgesetzt?«

»Kaum hatte sie einen freien Augenblick, dachte sie an nichts anderes.«

»Ich kann mich aber gar nicht an sie erinnern. Dabei war Renato einer von uns, er war oft mit von der Partie, wenn wir nachts durchfeierten, erst recht, als die Ersten ihren Führerschein hatten. Er kam gern mit, auch wenn manche die Nase über ihn rümpften, der ein paar Jahre jünger war. Aber nicht deswegen: Wenn er einen Tanzsaal betrat, zog er die Blicke aller Frauen auf sich. Und dann auch die der Freunde und der eifersüchtigen Verehrer. Da kam es oft aus geringstem Anlass zu Schlägereien. Am Ende gehörte es als fester Bestandteil zum Spaß dazu. Man muss sagen, dass er keinen Rückzieher machte, im Gegenteil. Manchmal kommt er runter, einen Schnaps probieren, und wir reden noch drüber.«

»Was sagt denn Donatella?«

»Normalerweise bleibt sie im Wohnzimmer und schaut fern.«

»Sie schämt sich.«

»Würde ich nicht sagen. Aber die Geschichten von gewissen Nummern, die wir als Jungs abgezogen haben, interessieren sie einfach nicht. Da schaut sie lieber einen Film.«

»Sie war die Besessenste.«

»Wovon?«

»Den Mysterien und Intrigen solcher Art.«

»Seit ich sie kenne, hat sie nie von so was gesprochen. Findest du das normal?«

»Sie schämt sich.«

»Hast du dem armen Anteo das alles haarklein erzählt?«

»Nicht doch.«

»Kein einziges Mal? Nicht mal die Sache mit dem Fluch?«

»Nicht doch.«

»Dafür petzt du mir die alten Geschichten meiner Frau. Mir ist noch nicht klar, ob du damit Zwist säen willst oder was sonst.«

»Wir sind einfach auf das Thema gekommen, ein Wort gibt das andere, und so sind wir jetzt hier. Ich stell mir euch in Eintracht vor, was glaubst du denn.«

»Mag sein … Du hast von der Besessenen geredet, eben.«

Nives brauchte einen Moment, den Faden wieder aufzunehmen. »Nach der Entdeckung der geheimen Stelldicheins beim Sportplatz kam Donatella ins Grübeln. Am Ende fand sie zu ihrem Urteil. Sie schoss es unverblümt raus.«

»Lass hören.«

»Bardo hatte das Messer im Bauch des Malers versenkt.«

»Da hat sie sich was ausgedacht.«

»Sie meinte, es sei nicht aus der Welt, anzunehmen, dass Renatos Vater dem Techtelmechtel mit dem Künstler auf die Schliche gekommen war.«

»Was zu beweisen wäre, nebenbei.«

»Was weiß ich, eine Notiz, zwei Zeilen auf einem Stück Papier … Eins ist sicher, dem Bardo konntest du alles sagen, außer dass sein Sohn schwul ist. Das Mindeste war dann, dass er einem die Gedärme rausriss.«

Da musste Loriano der Freundin recht geben. Der alte Pagliuchi war die Sorte Mensch, der eine Beleidigung des Blutes mit ebendiesem vergelten konnte. Kumpel, so viel man wollte, aber bei Nichtigkeiten brauste er auf. Er stammte aus einer anderen Zeit. Was Bottai schon immer befremdet hatte, war die Art, in der Renatos Vater sich gegenüber etwas dusseligen Jagdhunden verhielt. Er meinte, die grobe Stimme Bardos an irgendeinem Tag auf den Bänken der Bar zu vernehmen: »Da ist mir selbst der Gewehrschuss zu schade.« Er brachte die lausigen Tiere ins Unterholz.

Mit einem Keks in der Hand rief er sie zu sich, ließ sie schwanzwedelnd daran schnuppern. Mit der anderen Hand stach er ihnen mit der Klinge in die Halsschlagader. Den Keks aß er selbst. Loriano schüttelte sich. »Das sind schwere Anschuldigungen.«

»Auf dieselbe Art könnte er die Rosa zum Schweigen gebracht haben.«

»Das auch noch! Jetzt sind wir schon bei den reinsten Hirngespinsten.«

»Überleg mal. Vielleicht wusste sie von der Affäre zwischen Renato und dem Künstler. Vielleicht erpresste sie den Schönling auch. Es würde ja schon dieser Fall reichen: Bardo benutzt sie ein paar Mal, bis er eines Abends entscheidet, die Sache zu beenden. Zu riskant. Es kann jeden Augenblick ein Skandal ausbrechen, der mehr als eine Familie in den Ruin zieht ...«

»Rosaltea hat sich vor aller Augen vom Kirchturm geschmissen.«

»Falsch.«

»Himmel noch mal, ich war doch da!«

»Ihr habt den Aufprall gehört.«

»Was ist da noch mehr zu wissen?«

»Wie ist sie in die Kirche gekommen? Warum hat keiner sie gesehen? Vorhin hast du was Wichtiges gesagt, was mir Angst gemacht, mich aber auch auf eine Idee gebracht hat.«

»Was denn?«

»Sie war im Nachthemd.«

»Das ist die Wahrheit«, versteifte sich Bottai. »Ich war ja da. Ich hab sie gesehen.«

»Nicht mal Schuhe hatte sie.«

»Genau.«

»Ein Mädchen läuft quer durch den halben Ort, von zu Hause bis zur Kirche. Mindestens fünf Minuten Weg. Im Nachthemd. Barfuß. Keiner sagt ihr was?«

»Na ja …«

»Du hast noch was anderes gesagt.«

»Nämlich?«

»Die Marktstände.«

»Und?«

»Die Marktstände waren da.«

»Das weiß ich genau.«

»Also war Markttag«, hakte sie nach.

»Wenn die Marktstände da waren.«

»Folglich war es ein Donnerstag.«

»Wie gewohnt.«

»Und was schließt du daraus?«

»Was ich daraus schließe?«

»Der Tag danach.«

»Nives, du treibst mich noch in den Wahnsinn.«

»Wann trafen sie sich denn am Sportplatz?«

»Mittwochs, des Nachts.«

»Und wann ist sie vom Kirchturm geflogen?«

Loriano konnte es nur noch zur Kenntnis nehmen. »Donnerstagfrüh.«

»Ein paar Stunden später. Ob das Zufall war?«

»Gewiss.«

»Da ist noch was.«

»Du kommst mir vor wie Inspektor Columbo.«

»Kein Schrei. So hast du es gesagt.«

Bottai erschien auf der Stelle das Bild seiner selbst, an einem Tisch im Freien, in irgendein Geschwätz mit dem armen Tancredi vertieft. Dieser alte Freund von ihm hatte es stets geschafft, ihn mit nichts zum Lachen zu bringen … Der dumpfe Aufprall. »Ich könnte es vor einem Richter sagen: nicht der leiseste Ton.«

»Das ist nicht normal. Da wirft sich eine in den Abgrund, da schreit man ganz spontan.«

»Die Angst kann einem den Atem nehmen. Oder sie war einfach nicht bei sich …«

»Ich will nur sagen: Haben wir wirklich die Gewissheit, dass die Rosa das Zeitliche gesegnet hat, als sie aufs Pflaster aufschlug? Kann sie nicht vorher eingeschläfert worden sein? Nebenbei, sie war spindeldürr.«

»Schon, aber man konnte sie auch nicht einfach in die Tasche stecken.«

»Tatsache ist, dass diese Sache mit dem Nachthemd mir einen Floh ins Ohr gesetzt hat.«

Bottai kam sich ein bisschen dumm vor, doch schließlich nahm er zu dem Hirngespinst Stellung. »Sie aus dem Bett zu holen, ihr auf den Kopf zu schlagen und sie auf den Kirchturm zu schleppen scheint mir eine kompliziertere Sache zu sein als ein Mädchen, das schnell durch die weniger besuchten Gassen eilt, weil sie steiler sind und eine Menge Treppen haben. Ungesehen stiehlt sie sich in die Kirche, während alle damit beschäftigt sind, Auberginen zu kaufen. Sie kommt oben an und macht Schluss. Aus, Amen.«

»Welche Gassen meinst du denn?«

»Was weiß ich, die die hintenrum laufen, wo die alten Leute sich die Hüfte ruinieren. Sie sind ja nicht umsonst leer. Da streunen vor allem Katzen rum. Ist mir einfach so eingefallen. Nives, hör doch mal auf, jedes Wort von mir auf die Goldwaage zu legen.«

»Könnte aber schon hinhauen.«

»Schade, dass es nur Gerede zwischen zweien ist, denen jetzt der Schlaf abhandengekommen ist.«

»Könnte aber schon hinhauen.«

»Du gibst mir also recht.«

»Ganz und gar nicht. Bardo packt sie, läuft durch die weniger besuchten Gassen und wirft sie runter.«

Loriano löste sich mit einem Seufzer von diesen Märchen. »Ich bin jetzt müde …« Sein Verstand war wirklich schon ganz pampig.

»Bist du aus Stein? Dich beeindruckt ja gar nichts.«

Er zuckte mit den Schultern. »Was sollten wir denn tun? Klopfen wir bei den Carabinieri an und erzählen ihnen diesen ganzen Quatsch? Wozu? Um einen Bardo hinter Gitter zu bringen, der sich nicht mal mehr erinnert, was er zum Frühstück gegessen hat? Am Ende liefern sie uns noch ein, mit dem Krankenwagen.«

»Es wird von uns verlangt.«

»Von wem.«

»Von Rosaltea. Sie schreit uns ihre Verwünschung entgegen, damit die Wahrheit ans Licht kommt und sie endlich in Frieden ruhen kann.«

»Nives, das Alleinsein tut dir nicht gut …«

»Ich war noch nie klarer bei Verstand als jetzt.«

Loriano sah auf die Uhr. »Trifft auf mich auch zu.«

»Schau mal, was es gebraucht hat, um an diesen Punkt zu kommen: Anteo auf dem Friedhof, die Idee von einem Tier, das mir ein bisschen Gesellschaft leistet …«

»Richtig, die Henne.« Für Bottai schien sich ein Ausweg aufzutun. »Schläft sie noch?«

Nives warf einen Blick ins Wohnzimmer. »Meine Güte, ist das unheimlich.«

»Was macht sie denn?«

»Sie sitzt immer noch auf dem Fauteuil, ganz regungslos. Vielleicht ist sie besessen. Rosaltea hat sie erstarren lassen, damit ich ans Telefon gehe und …«

»Hat man je von einem Geist gehört, der in eine Legehenne fährt? Die redet doch nicht mal.«

»Das sind saubere Wesen. Einem Christenmenschen in die Haut zu fahren ist komplizierter.«

»Jetzt bist du auch noch zur Hexe geworden.«

»Nonna Landa las aus Tellern mit Öl. Manche Bauern brachten halbe Schinkenhälften, um sich auspendeln zu lassen, wie der Erdboden werden würde. Damit kenn ich mich aus.«

»Geister, die in Hennen fahren.«

»Das kommt auch bei Katzen vor, übrigens.«

»Und bei Fasanen?«

»Spiel nicht den Trottel. Einmal haben sie ein Mädchen gebracht, es war bildhübsch. Es war mit einer Viper unter dem Kissen aufgewacht. Seitdem fingen ihm die Haare an auszufallen. Ich hab sie noch vor Augen, als wärs heute. Sie hieß Zaira.«

»Ein großer Schreck kann auch mehr anrichten.«

»Es war aber ein Fluch. Nonna Landa hat eines ihrer Gebräue fabriziert, dann hat sie dem Mädchen einen Entenhals gegeben.«

»Einen Entenhals?«

»Den sollte sie zwischen dem Bettgestell und der Matratze halten.«

»Ach komm, jetzt hör aber auf …«

»Er sollte von Neumond bis Neumond dortbleiben.«

»Das wird ja schön gestunken haben.«

»In der Tat hat diese Zaira dann aufgehört, Haarbüschel zu verlieren. Mein lieber Luftikus, so was gibts.«

Loriano empfand ein unerwartetes Zartgefühl. Es war das erste Mal, dass seine alte Freundin sich so zeigte, tief verstrickt in volkstümliche Unwissenheit. Letztlich kostete es ihn nichts, sie an Seher und Heiltränke glauben zu lassen, an Tote, die mit dem Ruf der Eule zu dir sprechen, und an magische Steine. Soll sich doch jeder seine eigene Einsamkeit wählen. Auch irre Erklärungen können einem Gesellschaft leisten. Bottai lenkte die Diskussion wieder in ihre Bahnen zurück: »Ein Hauch.«

»Wie bitte?«

»Nimm das Tier. Hauch ihm auf den Schnabel.«

»Wie jetzt.«

»Ich hab das bei einer Vorstellung von Zauberern gesehen. In dem Fall war es eine Taube. Der Zauberer betörte sie, dann blies er ihr auf den Schnabel, um sie zu wecken.«

Nives überlegte. »Ach was. Das ist mir zu komisch.«

»Dabei fütterst du sie, als wärs ein Kind! So wie du redest, ist nicht auszuschließen, dass du ihr abends den Arsch wäschst … Was wird bei einem Anhauchen schon sein.«

»Vielleicht trifft sie der Schlag, sie erkennt mich nicht und springt mir ins Gesicht.«

Loriano verdrehte die Augen. »Du denkst dir bei allem irgendwelche Theorien aus, so kann man nicht leben.«

»Schau dir doch deinen eigenen Kram an. Hier oben wissen wir schon, wie man in der Welt klarkommt, was denkst du denn.«

Bottai schüttelte den Kopf. Gerne hätte er eine Debatte über die festen Meinungen der Leute vom Land angestoßen, die alles zu wissen glauben, ohne je einen Schritt hinter die Grenze des Landkreises gewagt zu haben. Jeden Tag gab es solche Auseinandersetzungen mit Leuten, die aus einer Binsenweisheit einen soliden Grundsatz schmiedeten. Vielleicht brauchte er auch deshalb zu jeder Mahlzeit einen Liter Wein. Er beschloss, einfach nicht die Kraft zu haben, um sich mitten in der Nacht einen solchen Schlagabtausch zu leisten. Also sagte er: »Der Föhn. Versuchs mit dem.«

»Der Föhn.«

»Nimm den.«

»Und wenn ich ihr damit die Augen austrockne? Sie kann ja jetzt schon kaum stehen.«

›Dreh ihr doch den Hals um‹, dachte Loriano, der das Getue nun wirklich satthatte. ›Und gib dir dann gleich selbst die Kugel.‹ Die Zunge schlug nicht viel anders gegen den Gaumen: »Dann weiß ich auch nicht mehr, was man da machen kann.«

»Ein echter Kenner seines Fachs.«

»Die Bücher bringen dir bestimmt nicht bei, wie man schlafwandelndes Vieh wach kriegt. Die Wissenschaft hat andere Prioritäten.«

»Auch manche Doktoren. Speziell wenn man ihnen eine Flasche vorsetzt.«

Innerlich verabschiedete sich Bottai von der Partie. Hatte er bis zu diesem Augenblick noch die Absicht gehegt, der Freundin zu helfen, die Henne wieder zu erwecken, auch um nachzuweisen, dass keinerlei Gespenst im Spiel war, gab er plötzlich auf. Außerdem war es endlich mal genug mit den Sticheleien wegen des Trinkens. Er hatte nun mal diese Schwäche, diesen Trost. Die Vorstellung, seine künftigen Gläschen würden durch die Worte einer konfusen Witwe vergiftet, gefiel ihm überhaupt nicht. Barsch antwortete er: »Nives, es ist jetzt wirklich spät.«

»Das hast du damals auch gesagt.«

»Wie bitte?«

»Du hast schon verstanden.«

Loriano hatte den Eindruck, er werde hinterrücks angerempelt. »Wovon redest du jetzt schon wieder.«

»Du weißt schon.«

Ein erschrockener Blick Richtung Schlafzimmer, als wären diese letzten Worte aus einem Megafon herausgeschossen. Sie hakte nach: »Bist du jetzt abgesehen von der Sauferei auch noch senil geworden?«

»Nives …«

»Nicht doch, war nur ein Scherz.«

»Sieh doch, wie ich mich kaputtlache.«

»Hab dich nicht so. Wir sind alt, ein paar Worte über die früheren Zeiten wechselt man gerne. Außerdem geht das Gespräch auf meine Rechnung. Hör mal auf, so zu schnaufen, als würde man dir die Lungen rausziehen.«

Loriano fühlte sich mit dem Rücken zur Wand: Diese Spinnerin kam vom Hundertsten ins Tausendste und brachte Sachen ins Spiel, die Jahrzehnte zurücklagen. Sein Herzschlag bekam einen merkwürdigen Rhythmus. Bevor er zu sprechen anfing, legte er zum Schutz eine Hand um die Sprechmuschel. »Was sollte ich denn deiner Meinung nach sagen?«

»Zum Beispiel, dass du ein toller Kerl warst.«

»Ich wusste es, ich hätte sofort auflegen sollen. All diese Geschichten von Rosaltea, Pagliuchi, Donatella … Die Sache mit der Henne ist gelogen, nicht wahr?«

»Hui, mach dich nicht so wichtig! Du hast dich ja kein bisschen verändert.«

»Worauf willst du eigentlich hinaus? Hör zu, machen wir uns jetzt ein Geschenk: Wir legen auf und bleiben Freunde wie zuvor.«

»Um mit dir befreundet zu sein, müsste man mich erneut auf die Welt setzen. Und zwar möglichst unter den Chinesen. Aber das weiß ja jedes Kind, andere Länder, andere Bottais …«

»Damit machst du uns nicht gerade ein Geschenk.«

Nives gefiel der gereizte Ton. Sie bekam den Eindruck, einen Loriano Bottai als Dreikäsehoch vor sich zu haben, den sie fest im Griff hatte. »Um die Wahrheit zu sagen, hast du das fürchterliche Geschenk seinerzeit eigenhändig verpackt. Und zwar ohne jede Karte.«

»Hat es Sinn, jetzt darüber zu reden?«

»Hat es Sinn, nie darüber geredet zu haben?«

Bottai spürte einen leichten Druck auf der Brust. »Die Vergangenheit ist voller Gespenster. Für alle. So ist es, und so wird es immer sein. Heute Abend über die Zeit vor dreißig Jahren zu reden bringt gar nichts.«

»Siehe Rosaltea.«

»Schon wieder.«

»Apropos Geister, die keine Ruhe finden.«

»Wir sind gesund und munter.«

»Sprich du für dich. Eine gewisse Nives wurde '82 fertiggemacht. Was danach passiert ist, steht auf einem anderen Blatt. Es ist nicht unerheblich, mit dem Gespenst von dem zu leben, was du hättest werden können. Du schaust in den Spiegel, und bevor du dir Guten Tag sagst, siehst du das.«

»Du übertreibst. Und als ob ein Schwätzchen irgendwas ändern würde.«

»Immerhin leistest du mir Gesellschaft. Wenn man bedenkt, dass dir für alles andere der Mut gefehlt hat.«

»Du redest darüber, als wäre Bosheit im Spiel gewesen.«

»Ich rede darüber wegen des Schwindels, den ich spüre.«

»Das ist wegen Anteo. Ein Trauerfall dieser Größenordnung würde jeden durcheinanderbringen.«

»Wag es nicht, seinen Namen zu nennen. Nicht unter diesen Umständen.«

»Du fährst mich völlig umsonst an. Er war ein Freund. Er ist es immer noch, auch wenn …«

»Damals im Schilf warst du anderer Meinung.«

Loriano zuckte zusammen. Er stieß die Worte mit Druck in die Sprechmuschel: »Nives, hast du sie noch alle?«

»Damals hatte ich sie gewiss nicht alle.«

Er versuchte sich im Zaum zu halten. »Ich hab verstanden, was du vorhast.«

»Ein Bottai, der endlich mal was kapiert. Sollte man sich im Kalender notieren.«

Loriano sprach, als hätte er die Zungenspitze in Gift getaucht: »Du stehst jetzt allein da. Da dir die Orientierung fehlt, hältst du es nicht aus, dass es anderen anders ergangen ist. Du möchtest jetzt nur eines: dass die Welt auseinanderbricht. Du tauchst die Arme bis zu den Achseln in die Vergangenheit, aus Lust, wer weiß welch trübe Wasser aufzurühren … Du bemühst sogar Rosaltea, die arme Haut. Du streust Pfeffer auf eine Donatella, die sich noch nicht die Milch vom Mund gewischt hatte.«

»Mehr als Milch glich das, was Pagliuchi spendierte, eher einer besonderen Art Stracciatella …«

Bottai ging auf die Provokation nicht ein. »Dieses ganze Seebeben kommt an einem x-beliebigen Abend mit der Ausrede einer dusseligen Henne. Weshalb? Wozu? Die Antwort krampft einem das Herz zusammen.«

»Bin neugierig.«

Loriano ließ sich Zeit. Er spürte, er hatte den Auftakt zu einem Ritt gegeben, der keinen Strahlenkranz verhieß, er musste die Zügel anziehen. Er ließ ein paar Augenblicke verstreichen. Dann sagte er ruhig: »Nives, es hat keinen Sinn, meine Ehe zu ruinieren. Da hast du nichts davon.«

Erneutes Schweigen. Bis endlich, dreist und

dröhnend, ein lautes Lachen kam. Bottai drückte den Hörer gegen die Brust. Er spürte eine Art Kitzeln, dort, genau in Höhe des Herzens. Es dauerte mindestens eine halbe Minute. Als es ihm vorkam, als habe es sich ausgelacht, brachte er den Hörer wieder ans Ohr. »Bist du fertig?«

»Du Trottel.«

»Das ist, was ich denke. Du weißt, dass ich recht habe.«

Nives fühlte sich auf einmal beleidigt, kam sich vor wie eine arme Sau, die um ein Almosen bettelt. Bevor sie sich dessen wirklich bewusst wurde, hörte sie sich sagen: »Ich hab es nicht nötig, dieses Fass zu bemühen, das bei dir im Bett liegt.« Ein bisschen tat es ihr gleich wieder leid, denn mit diesen Worten schien sie Loriano recht zu geben. Ein bisschen Vergnügen empfand sie aber auch.

»Wenn das alles ist, würde ich sagen, wir belassen es dabei. Danke für den Anruf.«

»Manchmal schau ich mir gewisse Fotos wieder an.«

»Welche Fotos.«

»Da ist eins von dem Herbstfest, auf dem wir alle drauf sind, du, ich, die Donatella ... Anteo hatte beim Glückstopf ein Rennrad gewonnen. Ich trage dieses schöne weiße Kleid, mit roten und blauen Blumen. Aber die Farben sind jetzt nicht mehr so gut zu erkennen.«

»Ich erinnere mich an das Kleid.«

»Wir sind eine große Runde. Wenn man alle zählt, sind wir zweiundzwanzig Leute.«

»Was für Abende.«

»Du schaust mich an.«

»…«

»Ich schau dich an.«

»…«

»Der Himmel hätte auch bersten können. Wir hatten uns schon entschieden.«

»Nives, du tust mir nicht gut.«

»Im Zimmer stand der Koffer schon bereit. Ich hatte ihn unter demselben Bett, in dem ich heut noch schlafe. Ich hatte nicht viel Zeug reingepackt … Oh, es waren höllische Wochen gewesen. Abends, im Badezimmer, nahm ich den Ehering ab, legte ihn aufs Waschbecken. Ich sah mir die nackte Hand an. Manchmal wurde mir ein wenig schwummrig: Wäre ich wirklich dazu fähig? Aber die Antwort war da und ließ keine andere Möglichkeit zu. Ich musste es einfach tun, fertig. Nach der Ausgelassenheit des Herbstfestes schafften wir es nur wie durch ein Wunder nach Hause. Anteo war die ganze Zeit mit nur einem Auge gefahren vor lauter Wein und Likör. Es wäre wirklich traurig gewesen, in einer Kurve gegen einen Baum zu fahren … Vielleicht sollte ich es nicht sagen, aber weiß Gott wie oft ich dem fast nachgetrauert habe: ›Wäre ich an dem Abend doch nur gestorben!‹ Ich habs schon gesagt, ein Ich von mir ist am 13. Oktober '82 von dieser Welt gegangen … Ich zog meinen

Mann aus, legte ihn schlafen. Er schlief auf der Stelle ein. Ich sah ihn lange an, als würde ich auf eine göttliche Stimme warten, die mir befiehlt zu verzichten, mir diesen Irrsinn aus dem Kopf zu schlagen. Sie kam nicht. Darauf zog ich mir ein letztes Mal den Ring vom Finger und legte ihn auf den Nachttisch. Ich holte den Koffer raus. Am heikelsten war es, die Tür hinter mir zuzuziehen. Es ist komisch, über die Schwelle des eigenen Hauses zu gehen im Wissen, dass du nie wieder zurückkommst ... Die Schlüssel ließ ich stecken. Als ich die Straße runterlief, drehte ich mich kein einziges Mal um. Bis ich zum Asphalt kam. Es war Mitternacht. Der abnehmende Mond hing am Himmel, ich klammerte mich komplett daran. Streckenweise wehte ein feiner Wind durch die Büsche; jedes Mal meinte ich, zwischendurch das Aufheulen eines Motors zu hören. Da dachte ich: ›Da ist er! Da ist er! Wir machen es wirklich ...‹ Ich sah auf die Kurve der Landstraße und war so außer mir, dass es mir vorkam, als wären darauf Scheinwerferlichter zu sehen. Aber die sind nie gekommen. Als ich nach Hause zurück bin, war ich ein Marmorblock, aus vielen Gründen. Ich legte die Schlüssel wieder an ihren Platz und schob den Koffer unters Bett. Anteo lag noch genauso da wie vorhin. Ich steckte mir den Ring wieder an. Dabei hatte ich den Eindruck, ein metallisches Geräusch zu vernehmen, wie von Handschellen. Ich ging ins Bad und machte das bisschen Schminke weg, das noch geblieben war. Zog mich aus und streifte das gewohnte Nachthemd über. Als ich unter die Decke kroch, spürte ich zum ersten Mal den Verlust meiner selbst. Ein Gefühl, das bis heute geblieben ist.«

Zu viele Worte, mit zu viel Gewicht. Loriano stand mit verlorenem Blick am Telefonschränkchen. Er hatte den Ausdruck eines Menschen, den plötzlich von hinten eine Axt trifft.

Auch Nives fühlte sich nicht besonders gut. Sie fügte hinzu: »An dem Abend hast du mich in Poggio Corbello sitzen lassen. Nach dreißig Jahren bin ich immer noch hier, ausgestopft wie die Henne, die bei mir im Wohnzimmer hockt. Du müsstest wissen, wie man sie wach kriegt, aber wie gehabt: Du bist zu nichts nütze.«

Bottai musste sich enorm anstrengen, um die Eisenmaske zu durchbrechen, in der er sich gefangen fühlte. Er sprach Worte aus, die unter allen anderen Umständen voller Licht erschienen wären, jetzt aber wie Felsbrocken aus seinem Mund fielen: »Da war Amedeo.«

Das war ein wunder Punkt, Nives fühlte sich innerlich vergehen. »Das konntest du nicht wissen.« Sie merkte es selbst, ein fürchterlicher Satz. Aber nun war er gesagt.

Loriano sah ins Zimmer. »Donatella hatte eine Verspätung ...«

Nives ließ im Nu die Monate und Jahre nach jener Oktobernacht Revue passieren. Mit Loriano war alles aus, es war nicht mal nötig, darüber zu reden. Wie bei einer bösen Zauberformel verwandelten sie sich von unsterblich Verliebten voller Versprechungen in die Bekannten, die sie in aller Augen immer gewesen waren. Sie beschloss, sich so zu rächen: »Ein paar Tage später traf es mich auch.«

»Was?«

»Die Verspätung.«

Bottai holte tief Luft; er hatte die Zügel wieder in die Hand genommen. Auch der Ton änderte sich: »Zuweilen trifft uns das Leben so, mit harten Fakten. '82 hätte so bleiben können, wie es war, ohne zwei Familien zu ruinieren und ohne zwei neue Kinder.«

»Du wolltest mich heiraten.« Nives musste sich anstrengen, nicht zu sagen, *du solltest.* »Du hattest ja diese fixe Idee von Amerika. Die ist auch auf der Strecke geblieben, dort an der Landstraße, an der Abzweigung zum Hof.«

Loriano traf das herb. Er löste den Blick von dem Punkt, auf den er starrte, als könne er ihren Augen ausweichen. »Wenn man allen Unsinn zusammenzählen müsste, den man so sagt ...«

»Unsinn.«

»Redet man viel. Besonders in dem Alter.«

»In dieser Hinsicht warst du König.«

»Aber ich glaubte auch daran. Ich hab nie welchen gesagt, um jemandem wehzutun.«

»Hast du aber getan.«

»Mir in erster Linie.«

»Mir in zweiter Linie.«

»Wobei …«

»Laura in dritter Linie.«

Bottai hatte echte Mühe, den Namen mit einem Gesicht zu verbinden. »Laura?«

»Du hast sie nicht mal bemerkt.«

»Laura?«

»Ihr Name fängt mit demselben Buchstaben an wie deiner. Auch der volle Name weicht nicht so weit ab …«

Am Telefonschränkchen gab es diesen Wachtraum: gevierteilt zu werden, um nichts mehr hören zu müssen. Nives hatte inzwischen zum Hackbeil gegriffen. In Anbetracht des letzten Wortwechsels wünschte sie nichts anderes, als es einzusetzen, um gewisse Tatsachen zu zerstückeln. Und dabei literweise Blut zu vergießen. »Ich hab uns das ganze Leben lang so herausgeschrien: mit dem Namen meiner Tochter«, sagte sie.

Loriano wurde nun von einem Blitzgewitter von Bildern überwältigt, die ihn bei tausend Anlässen zeigten. Er in der Bar, während Nives den Kinderwagen vorüberschob, und der gemurmelte Gruß; er am Ausgang der Grundschule, bei einer der seltenen Gelegenheiten, in denen die Arbeit es ihm erlaubte, Amedeo abzuholen. Nives tat dasselbe mit ihrem Kind und nahm nicht einmal Notiz von ihm …; er über dem Glas – über vielen Gläsern, unendlich vielen –, wo er irgendwann in seiner Benommenheit in den üblichen Strudel geriet: Die Gestalt einer hübschen jungen Frau, nachts, allein auf der Straße gelassen, wie die fetten Huren auf der Landstraße; er auf dem Landgut von Poggio Corbello mit Freund Anteo, bei einer dringenden Visite der Kaninchen, vor allem um eine Epidemie der Scherpilzflechte auszuschließen. Dann in der Küche, bei einer Runde Schnaps, mit einem Mädchen, das ganz in Comics vertieft war. Nives machte sich drum herum zu schaffen, es war, wie erneut Freundschaft zu schließen … All dies und mehr verwandelte sich in eine klare Frage: »Ist sie von mir?«

»Sie ist trotzdem gut aufgewachsen. Sie hat studiert, lebt jetzt in Frankreich. Sie hat uns Enkel geschenkt, von denen ich nicht mal die Namen aussprechen kann.«

Bottai hatte eine trockene Kehle. Der Drang, ins andere Zimmer zu stürzen und nach der Weinflasche zu greifen, war stark, aber auf einmal machte das Verlorenheitsgefühl einem Zornesausbruch Platz: »Und das sagst du mir einfach so?«

»Auf Französisch krieg ich's nicht hin.«

Loriano bekam den Eindruck, der Boden schwanke plötzlich unter seinen Füßen. In seinem Kopf hatte die Geschichte immer diesen Knotenpunkt gehabt: Irgendwann waren zwei Blagen geboren, damit die Sache eine Klärung erfuhr und sie aufhörten, ein gespaltenes Leben zu führen. Das wochenlang ersehnte himmlische Zeichen, das die richtige Lösung stützen sollte. Anfangs war es merkwürdig gewesen, Donatella und Nives mit dickem Bauch zu sehen. Er hatte sie sogar ein wenig gehasst, diese Cillerai – aber Wut ist ein wichtiger Brandbeschleuniger, um eine unmögliche Liebe zu verscheuchen. Trotz der Affäre hatte sie sich ihrem Mann hingegeben und hatte es dann auch zur Schau gestellt, mit den weiten Kleidern, die die gute Hoffnung bezeugen sollten. Die gleichen, die auch seine Frau trug, was ihn bei demselben Spiel entlarvte – aber man weiß ja, wenn ein Mann sich dem Bett entzieht, löst das sofort die Alarmglocken aus. Wenn Bottai also weiterhin den Zuchthengst gegeben hatte, kam das allen zugute. Selbst Anteo. Gestärkt von den jüngsten Entwicklungen und den alten Schmerzen spuckte er es sofort aus: »Du Elende.«

Nives schreckte auf: »Wie bitte?«

»Ich hatte recht. Jetzt, wo Anteo tot ist, meldest du dich und verlangst Rechenschaft, nach dreißig Jahren. Aber dieser Spaß fällt dir im nächsten Moment auf die Füße. Du zerstörst Donatella, stürzt meinen Amedeo ins Unglück, einschließlich Frau und Kind. Aufgepasst: Laura würde es nicht besser gehen. Der Vater gerade erst gestorben und gleich darauf entdecken, dass er fit und munter ist, aber unter anderem Namen.« Loriano gelang es nicht, sich zurückzuhalten, er fügte an: »Und wer sagt denn, dass sie von mir ist? Das sind die Wahnvorstellungen einer Witwe, die mit Hühnern redet.«

Nives zuckte nicht einmal mit der Wimper. In der Stille, die nun folgte, brodelte Bottai vor sich hin, es konnte jetzt alles kommen, von den hemmungslosesten Beschimpfungen bis zu einer weiteren irren Lachsalve. Er konnte sich sogar vorstellen, sie würde auflegen, um dann um Mitternacht an der Haustür zu klingeln; die Verflossene war imstande, einen Riesenkrach zu entfesseln und auch den Pagliuchi vom Obergeschoss runterzuholen. Loriano sah sich schon ein Hotelzimmer beziehen, wie die abgehetzten Leute um die dreißig, die wegen eines leichtfertigen Seitensprungs eine Familie zerstören. Nur dass er voll auf die siebzig zuging, mit all dem, was daraus folgt. Einschließlich des Horizonts der Dinge, der sich ernsthaft verdunkelt. Einschließlich des Umstands, dass die Einsamkeit ab einem bestimmten Alter tierisch Angst machen kann … Stattdessen löste sich alles mit drei ruhig ausgesprochenen Worten von ihr auf, die sie beinahe schläfrig raushauchte: »Anteo wusste es.«

Diesmal brach Loriano mit einem Kichern heraus. Das aber nicht lange anhielt. »Erzähl mir noch so 'n Witz.«

Trotz seiner Schaumschlägerei wurde Nives plötzlich ruhig. Vielleicht sogar gelöst, wie sie es schon lange nicht mehr gewesen war. »In der ersten Zeit träumte ich davon«, sagte sie. »Du hattest dir diese Alfetta zugelegt, Modell halber Weiberheld. Alle haben dich darum beneidet. Ganz anders als der 127er voller Erdklumpen und Strohhalme auf den Bodenmatten, den ich kennengelernt hatte – ich stieg da aus und merkte erst zu Hause irgendwelche blauen Flecken an irgendeiner merkwürdigen Stelle … Ich war im dritten Monat, als ich dich zum ersten Mal auf dem funkelnagelneuen Schlitten vorbeibrettern sah. Das war wie ein Schlag ins Gesicht: ›Loriano hat mich gestrichen.‹ So habe ich gedacht. Aber ich fing dann an, davon zu träumen.«

»Wovon.«

»Wir fuhren Vollgas eine Straße lang. Auf der einen Seite die Berge, auf der anderen das Meer. Das war in Frankreich. Wir sagten kein Wort; aber es gab immer einen Augenblick, in dem du dich umdrehtest, um mich anzusehen. Völlig berauscht von der Verrücktheit, die wir gerade begangen hatten, mit einer Menge Kilometer vor uns, die wir bis nach Amerika zurückzulegen hatten … Versuch dir mal vorzustellen, wie ich mich gefühlt habe, als Laura mir vor ein paar Jahren gesagt hat, sie habe sich in diesen jungen Ausländer verguckt. Manchmal kriegst du ein Zeichen wie einen Blitz aus heiterem Himmel … Ich will damit nur sagen, von wegen, dass sie mich dort je anlanden sehen werden. Von Frankreich habe ich in einer ganz bestimmten Weise geträumt, und damit basta.«

Loriano bemühte sich, dem kolossalsten Rausch seines Lebens standzuhalten. Er fühlte sich verpflichtet, etwas zu sagen, brachte aber nichts heraus. Nives fuhr fort: »Sobald ich die Augen aufmachte, begrüßten mich zwei Schläge in die Magengrube. Der eine, weil ich in meinem gewohnten Bett lag, der andere, weil ich wusste, deine Tochter zu erwarten. Auch sie war zusammen mit mir an der Landstraße zurückgeblieben. Manchmal fand Anteo mich schon zum Frühstück in einem Tal der Tränen. Ich schob es auf die hormonellen Schwankungen der Schwangerschaft.«

»Woher wusste er es?«

»Sein Ding war die Arbeit auf dem Feld, aber er war nicht blöd.«

»Hat nie jemand was anderes behauptet.«

»Laura war neun, als ich ein Papier gefunden habe.«

»Was für ein Papier?«

»Er hatte insgeheim eine Untersuchung durchführen lassen. Das Papier war eindeutig, selbst ich blickte durch: Er war unfruchtbar. Vielleicht hatte der Ansatz einer Hirnhautentzündung, die er als Junge gehabt hatte, ihm die Kaulquappen vernichtet …«

Loriano kassierte auch diese Breitseite. Er dachte, das Leben kann manchmal wirklich hundsgemein sein. Tausend Momente kamen ihm in Erinnerung, die er mit diesem Freund verbracht hatte. Zu wissen, dass Anteo ein Geheimnis dieser Tragweite für sich behalten hatte, ließ jeden Gruß, den sie irgendwann getauscht hatten, in einem anderen Licht erscheinen, von der Schulbank bis zum Tresen der Bar, als sie den letzten Stravecchio miteinander getrunken hatten. Der Atem riskierte ihm nun tatsächlich zu stocken.

»Nives, bist du fertig mit deinen Enthüllungen?«

»Beklagst du dich? Da hat ein armer Kerl sein Leben lang ein Mädchen großgezogen, als wärs seins, ohne auch nur ein Wort zu sagen. Ach, wenn man dich wegen des Viehs holte, hast du sogar noch ein Trinkgeld gekriegt. Nur damit dir mal klar wird, wie Männer gestrickt sind, die diese Bezeichnung verdienen.«

Bottai ereiferte sich wieder, wie ein in die Enge getriebener Fuchs: »Du knallst mir mit fast siebzig Jahren eine Tochter vor den Latz. Findest du das in Ordnung? Und ich sags noch mal: Das wäre alles erst mal nachzuweisen.«

»Ein Haar reicht.«

»Wie?«

»Heutzutage reißt du dir ein Haar aus, und die Ärzte sagen dir in fünf Minuten, von wem du abstammst. Gewisse Dinge solltest du eigentlich wissen.«

»Stell dir mal vor, so was gelangt in die falschen Hände ... Ich hab damals zwei Familien nicht in die Knie gezwungen, jetzt stell dir vor, ob ich das heute tue. Aber bravo, du hast dich gerächt. Du hast den Weg gefunden, mich im Wein zu ersäufen, wie es sich gehört. Bist du zufrieden?«

»Jeder hat seine Rosa.«

»Ach, leckt mich doch am Arsch. Du und sie.«

»Wie jetzt, gefälligst?«

»Du tauchst hier auf, an irgendeinem Abend, und fängst an, überall den Putz abzuschlagen. Dein Leben ist schiefgelaufen, und jetzt ruinierst du es auch den andern; noch dazu im heikelsten Moment, wenn einer gern die Segel streichen würde. Ich sehe dich, weißt du, in diesem einsamen Haus auf dem Hügel, mitten unter den Schweinen, wie du dir das Herz zermürbst darüber, wie es hätte laufen können … Weißt du was? Wenn es so gelaufen ist, wie es ist, heißt das, dass es so laufen sollte, und basta. Komm damit klar.«

»Es gibt eh einen Brief.«

»Was faselst du da.«

»Du hast ganz gut verstanden. Einen schönen Brief, wo ich haarklein diese Geschichte erzähle. Zu gegebener Zeit wird er dort ankommen, wo er hinsoll.«

Loriano kippte beinahe nach rechts weg, konnte sich gerade noch rechtzeitig fangen. Er war jetzt wie ein Sack, auf den man einschlägt. »Wovon redest du.«

»Sind dir die Gläser deines ganzen Lebens auf einmal zu Kopf gestiegen? Ich sage, was ich gesagt habe.«

»Wo ist er?«

»Wer.«

»Dieser Brief, von dem du faselst.«

»Er ist, wo er sein soll.«

»Und was hast du damit vor?«

»Gar nichts. Nur damit das klar ist: Er ist in demselben Umschlag wie das Testament. Wenn es so weit ist, kriegt ihn, wer ihn zu kriegen hat.«

»Laura.«

»Das schulde ich ihr.«

»Du spinnst. Abgesehen vom Verlust der Mutter willst du ihr noch eins auswischen?«

»Immer noch besser, als dass sie lebt, ohne die geringste Ahnung von sich zu haben.«

»Ganz schön egoistisch.«

»Aus deinem Mund klingt das ziemlich schräg.«

»Laura trifft keine Schuld. Aber da du durchgedreht bist, willst du ihr eine gewisse Erbschaft hinterlassen, einfach so, um dir das Gewissen reinzuwaschen und das letzte Wort zu behalten. Dabei gibt es gar nichts zu waschen: Es ist halt gelaufen, wie es gelaufen ist. Ihr die Wahrheit zu sagen dient doch nur dazu, sie ins Irrenhaus zu bringen, kapierst du?«

»Oh, jetzt interessierst du dich auf einmal für sie.«

»Natürlich interessiere ich mich für sie. Ich bin ja kein Ungeheuer.«

»Sagte der Wolf.«

»Überleg mal: Wie würdest du denn darauf reagieren, an ihrer Stelle?«

»Schlecht.«

»Eben. Reizt es dich mehr, diese Revanche zu haben, als dem Mädchen seine Unbeschwertheit zu lassen?«

»Ich weiß, was du vorhast.«

»Was habe ich vor?«

»Dir schwebt die Vision einer nie anerkannten Tochter vor, die plötzlich bei dir zu Hause auftaucht und alles durcheinanderbringt.«

»Hast du sie noch alle? Ich hab sie nicht anerkannt, weil ich erst jetzt erfahre, dass es etwas anzuerkennen gibt.«

»Pass auf, was du sagst.«

Bottai verstand nur eines: Er durfte nicht lockerlassen und musste diese Irre zur Vernunft bringen. Er ertappte sich sogar bei dem grässlichen Gedanken, mitten in der Nacht nach Poggio Corbello zu fahren, Nives mit dem Messer zu erstechen und alles in Brand zu setzen, einschließlich der Henne. Nun war überhaupt nicht mehr ans Auflegen zu denken. Er musste die Witwe an der Strippe halten, zwang sich dazu, ruhig zu bleiben, was aber nicht einfach war. Innerlich kochte er. »Hör zu, ich entschuldige mich für alles. Aber du sollst wissen, wenn ich Fehler gemacht habe, dann in gutem Glauben.«

»Man reißt einem nicht in gutem Glauben die Eingeweide raus.«

»Lass es mich so sagen: Es hat mir der Mut gefehlt. Soll ich mich umbringen?«

»Gemach, dafür sorgt schon deine Sauferei.«

»Bist du sicher, dass es nichts damit zu tun hat?«

»Was.«

»Diese Sache, mich mit den vielen Gläsern zu behämmern.«

»Was.«

»Damals hab ich damit angefangen.«

»Ohne einen gewissen Anlauf außer Acht zu lassen: Ich war ja da und hab dich mit eigenen Augen gesehen. Die Mär von dir und Ferrari, die ihr in zwei Tagen eine Zwanzig-Liter-Flasche alle macht, war ja schon in Umlauf, weit bevor wir uns kannten.«

»Danach wurde es schlimmer.«

»Du allein hast dem Silvestri drei Wohnungen abgekauft. Anteo hat alles falsch gemacht, bei Durstigen deines Kalibers hätte er einen Lebensmittelladen aufmachen sollen. Da hätte er mich jeden Sommer ans Meer gebracht. Wenigstens das.«

»Du warst nie weg.«

»Sagte ich doch grade.«

»Aus meinen Gedanken, meine ich. Ich sollte das nicht sagen, da du gern die Karten in der Hand hältst, aber die Wahrheit ist: ein ständiges Bombardement.«

»Jetzt redest du wie eine Sphinx.«

»Du hättest diese Zermürbung auch nur eine Minute erleben sollen. Du machst die Augen auf und denkst daran, du machst die Augen zu und denkst daran. Den ganzen Tag schleppst du diese Qualen mit dir rum. Dann muss einer sich auch noch was anhören, wenn er ein paar Flaschen leert, um sich Mut zu machen … Ich versteh ja, du siehst das von deiner Seite aus, mit dem Koffer auf der Straße sitzen gelassen. Wenn du das Schachbrett umdrehst, findest du auf meiner Seite auch nicht gerade das Paradies, von wegen.«

Nives widerte es an, dieses Crescendo der Gefühle anzuhören. Sie hielt den Hörer vom Ohr weg, als kämen die Worte des Tierarztes aus den Luftschlitzen eines heißen Ofens. Loriano spürte das Befinden am anderen Ende der Leitung, er ließ nicht locker: »An der Kurve von Poggio Corbello bist nicht nur du geblieben. Auch ein gewisser Bottai steckt dort immer noch fest, in der Oktobernacht damals. Die Kopfnuss, die ich mir auf dem Herbstfest holte, hatte vor allem diesen Zweck: mir Mut zu machen. Es ging darum, einen wichtigen Faden zu zerreißen; ich fühlte, dass es darauf ankam, den ersten Schritt zu tun, wie bei allem. Danach würde sich der Rest von selbst ergeben. Ich hatte auch geübt.«

»Was geübt?«

»Ich hatte die Nachmittage genutzt, in denen Donatella im Laden war, um Dauerwellen zu machen. Ich kam früher nach Hause und hatte so ein Stündchen Ruhe. Holte meinen Zettel raus, wo ich mir alles Nötige aufgeschrieben hatte, um dieses Leben hinter mir zu lassen und mich mit dir ans andere Ende der Welt zu katapultieren. Die besten Klamotten, die zwei, drei Erinnerungsstücke der Familie, die mir etwas bedeuteten … Ich legte den Koffer aufs Bett. Ich war recht tüchtig geworden: Fächer und Schubladen in Rekordzeit aufgezogen und zugeklappt. Alles landete im Gepäck, wobei ich keinen Millimeter ungenutzt ließ. Man konnte Gänsehaut kriegen. Wenn einer will, kann er in neun Minuten aus einem Haus verschwinden.«

»Weil du ein Mann bist. Uns Frauen reicht ein Wimpernschlag.«

»Als Beleg für die hehren Absichten gab es die Abhebung auf der Bank am selben Vormittag. Crocetta hatte mich in sein Büro mitgenommen, obwohl sie gleich Mittagspause machen würden. Als ich sagte, ich wolle zehn Millionen abheben, sagte er: ›Hör mal, da lässt du uns völlig blank da!‹ Dann fügte er scherzend hinzu: ›Lässt du dich auf den Mond schießen?‹ Ich gab keine Antwort, mein Herz trommelte. Er verstand, dass mir nicht danach war, lange zu plaudern, und ging zum Panzerschrank. Eine Minute später legte er die Kohle auf den Tisch. ›Soll ich dir ein Päckchen machen?‹, fragte er, und mir kam es vor, als wäre ich beim Gemüsehändler. Stell dir vor, was für ein Pech man manchmal hat. Kaum war ich draußen, hörte ich nach mir rufen. Es war Donatella, sie war gerade fertig im Laden und nutzte die Zeit zum Einkaufen, bevor sie nach Hause ging. Ich spürte den Boden unter meinen Füßen wegrutschen. Ich sagte ihr, ich hätte Unterschriften geleistet. Sie hörte nur halb hin und schluckte die Lüge, für Geld und Zinsen hat sie sich nie sonderlich begeistert. Ihr Auge fiel nicht mal auf das weiße Päckchen, das ich unter dem Arm hielt. Crocetta kam heraus, um hinter sich abzuschließen, sah meine Frau: ›Oh, guten Tag!‹. ›Dir auch guten Tag, Salvatore.‹ Dann bemerkte er mein finsteres Gesicht, streifte mit dem Blick die Beute eines Lebens, die ich an meine Brust klemmte. Wer weiß, was ihm dabei durch den Kopf schoss … Schließlich räusperte er sich und ging. Während ich jede Menge Nadelstiche im Gesicht spürte.«

Für Nives war es merkwürdig, manche Szenen nach all den Jahren von der anderen Warte aus zu betrachten. Bottai fuhr fort: »Die Idee mit dem Rausch war idiotisch gewesen, ich merkte das erst dann, im Bett, als Donatella bereits die Tröte bediente. Ich blieb stocksteif wie eine Mumie, aber gerade das wurde mir zum Verhängnis, die Augen fielen mir zu. Es gab Momente, in denen ich aus einem Sekundenschlaf mit dem Magen im Hals aufwachte. Hatte ich die Zeit versäumt? Der Wecker kam nicht voran; gleichzeitig lief er wie ein Hase … Bis es so weit war. Ich stand auf und fing an, die einzelnen Schritte nachzuzeichnen, die ich so lange geübt hatte. Du hättest mich mal sehen sollen, wie ein Tänzer. Ich hatte den Koffer schon so oft ein- und wieder ausgepackt, dass ich wie ferngesteuert vorging. Schon bald war ich wie benommen. Beim Üben hatte ich das Halbdunkel nicht bedacht. Dabei hätte ich bloß die Jalousien schließen und die Vorhänge zuziehen müssen … Einmal nicht aufgepasst, und schon lief ich voll gegen Kanten und Knäufe. Was die Handfertigkeit betraf, war ich bereits ein Künstler. Man konnte mich flinke Hand nennen. Ich öffnete Reißverschlüsse, löste Schnallen. Tastend legte ich die Klamotten zusammen, während Donatella schlief. Ich wiederholte immer wieder, dass die Verspätung, von der sie mir erzählt hatte, sich bestimmt auflösen würde, wie es andere Male passiert war. ›Da hat der Teufel seine Hände im Spiel, damit ich meine Absicht aufgebe.‹ So dachte ich, während ich weiter möglichst unauffällig herumhantierte. Schließlich brachte ich den Koffer zur Haustür, völlig verschwitzt. Aber ich musste weitermachen, ohne in den Abgrund zu fallen, den ich spürte – den der Schuld: eine Ehefrau zurückzulassen wie eine aufgeschlitzte Kuh, die für das ganze Dorf zum Gespött würde … Auf der Schwelle war auch ich so umsichtig, den Ehering abzustreifen. Meine Absicht war, aus der Schale auf dem Vorzimmermöbel die Schlüssel des 127ers zu nehmen und den Ehering abzulegen. Aber er ließ sich nicht abnehmen. Plötzlich war mein Finger dick wie ein Baumstamm. Es fing ein Kampf an, den ich so nicht erwartet hatte, dass einem das Blut ins Gesicht schoss. ›Den schneid ich mir jetzt ab!‹ Alles in dem Bemühen, den Wink mit dem Zaunpfahl nicht wahrzunehmen, der da besagte: ›Du fährst nirgendwo hin, Kerlchen.‹ Der Ring sagte auch: ›Wenn es dich derart drängt, die Welt zu sehen, nimmst du mich mit. Entweder so oder gar nicht.‹ Darauf verbiss ich mich noch mehr und versuchte, ihn mir wie ein Irrer herunterzureißen. Als Donatella im Flur das Licht anmachte, fand sie mich mit zerzausten Haaren und schnaufend wie ein Stier vor der Tür, als würde ich mich mit mir selbst prügeln.«

»Meine Güte …«

»Ich weiß nicht, was sie gesehen hat. Sie war völlig schlaftrunken … ›Du hast dich wieder angezogen‹, sagte sie, sich die Augen reibend. Ich hatte die Windjacke an, schlimmer noch, der Koffer stand neben mir. ›Ich brauche frische Luft‹, sagte ich. Manchmal ging ich nachts an die Luft, insbesondere nach einem schrägen Rausch, von der Sorte, die dich nicht alle machen, sondern wo du aufrecht im Bett sitzt wie inmitten hoher Wellen oder wo das Zimmer zu einem teuflischen Karussell wird. Fernet, zum Beispiel, löst das bei mir aus. Zuweilen wache ich im Auto wieder auf, als wäre ich von einem anderen Planeten gefallen. ›Vielleicht war die Lasagne heute Abend schon ein bisschen hinüber‹, fuhr Donatella fort; erst da bemerkte ich, dass sie ein wenig bleich war. Sie hielt eine Hand gegen die Magengrube. ›Es drückt mich hier so …‹ Einen Augenblick später eilte sie ins Bad. Was sollte ich schon tun, ich ging hinterher. Sie hatte während dieser Flucht auch etwas verloren … Sie war übers Klo gebeugt. Dann war die Verspätung wohl doch nicht auf die leichte Schulter zu nehmen. Jedenfalls war ich entlarvt.«

»Inzwischen fror sich jemand auf der Straße den Arsch ab …«

»Es dauerte die ganze Nacht. Statt im 127er die Welt zu erobern, spülte ich die Kotze von den Fliesen. Was glaubst du denn, natürlich hab ich an dich gedacht. Das Bild von dir an der Landstraße hat sich mir eingebrannt … Als Donatella wieder Schlaf fand, war es zwei Uhr nachts. Ich war erneut an meine Matratze genagelt, während wir andernfalls Livorno schon eine Weile hinter uns gelassen hätten. Als ich aufwachte, war ich noch voll bekleidet; im Nu war ich auf den Beinen. Meine Frau war nicht da. Aus der Küche kamen die Geräusche der üblichen Betriebsamkeit. Als ich in die Küche schaute, war sie bereits voll angekleidet. ›Was für eine Nacht‹, sagte ich. Sie schien wiederaufzuleben, aber sie tat alles, um mir aus dem Weg zu gehen. Sie hatte eine Tasse zu spülen, den Malzkaffee auf den Tisch zu stellen und so fort. Schließlich fiel ihr auf, dass sie spät dran war, sich ins Geschäft aufzumachen, und endlich würdigte sie mich eines Blickes: ›Kommst du zum Mittagessen?‹ Sie fragte mich das immer. Wenn ich in irgendeinem Gehöft des Bezirks nach dem Vieh zu sehen hatte, zog ich es vor, irgendwo ein Brötchen zu essen. An diesem Morgen klang die Frage so, wie wenn ein Elefant im Wohnzimmer umfällt. Ich nickte und sie ging. Auch die Art, in der sie die Tür hinter sich zuschlug, schien eine andere zu sein. Bis ich den Koffer sah: Er stand immer noch da. Erschöpft von den Geschehnissen der Nacht war ich eingeschlafen, ohne alles wegzuräumen.«

An diesen letzten Worten blieben sie hängen. Besonders Nives, die sich plötzlich fühlte, als habe man ihr den Mund zugemauert. Loriano nahm den Faden wieder auf: »Crocetta bekam dasselbe Päckchen zurück, das er mir am Vortag ausgehändigt hatte. Diesmal verlor er kein einziges Wort. Er steckte das Geld zurück in den Panzerschrank, kassierte die Gebühr und auf Wiedersehen.«

Diese Ereignisse wiederaufleben zu lassen hatte beide ausgelaugt; die späte Stunde tat ihr Übriges. Auf der einen Seite fühlte Bottai sich vor lauter eingesteckter Schläge und dem Aufwühlen schwieriger Erlebnisse durchlöchert wie ein Nudelsieb. Auf der anderen hatte Nives sich der Wut entledigt, die sie ein halbes Leben lang genährt hatte wie eine Glut, die unter der Asche glimmt und das Kaminfeuer nie ausgehen lässt. Loriano erweichte jetzt beinahe ihr Herz. Die zärtlichen Gefühle, die sie all die Jahre lang begraben hatte, überkamen sie nun. Es ist merkwürdig, wenn eine alte Liebschaft sich in vorgerücktem Alter wieder bemerkbar macht. Sie räusperte sich. Dann sagte sie im Ton eines verschreckten Rehs: »Und warum haben wir einander dann nicht mehr gesucht?«

Bottai betrachtete sich im Spiegel; hätte das Spiegelbild tatsächlich sämtliche Stimmungen des Viehdoktors wiedergeben sollen, wäre er zersprungen. »Was weiß ich … Ich hab mich geschämt.«

»Ich war wirklich wütend, weißt du.«

»Du bist einfach verschwunden. Das weiß ich noch genau.«

»Nach einem derartigen Steinhagel hätte jeder sich verkrochen. Bevor ich den Mut gefunden habe, mich im Dorf blicken zu lassen, sind Wochen vergangen. Ich habe tausend Ausreden erfunden, um keinen Fuß auf den Donnerstagsmarkt zu setzen.«

»Hätte ja keiner auf dich geschossen.«

»Wenn es danach gegangen wäre, hätte ich auf der Piazzetta di San Bastiano ein Zelt aufgestellt. Sollten sie mich doch durchsieben! Allein bei dem Gedanken, dich wiederzusehen, wäre ich am liebsten im

Boden versunken. Als es passiert ist, hattest du dir einen schicken Wagen gekauft.«

»Zwei Deppen.«

»Red du für dich.«

»Ich von der Schande zerknirscht. Du wildwütig wie der Teufel.«

»Schlimmer noch.«

»Und wir haben uns verloren.«

»Schlimmer noch.«

»Wir haben uns weggeworfen.«

»Dann sagte Anteo es eines Morgens. Er hatte dich angerufen.«

»Ja.«

»Da war dieses Eselchen, das von Knall auf Fall besessen schien. Es scharrte, schäumte, wälzte sich auf der Erde. Als es anfing, sich mit den Hufen auf den eigenen Bauch zu schlagen, wurde es zu viel. Es riss einem das Herz aus der Brust ... Sceriffo, so hieß es nämlich, weil es Fremden ins Gesicht sprang. Es sah irgendeinen Fremden kommen und fing an, gegen den Zaun aufgerichtet zu iahen. Es machte die Arbeit von Roi, dem schönen Schäferhund, der stattdessen auch vor Schlangen mit dem Schwanz wedelte, der Glückspilz.«

»Ich seh ihn noch vor mir, den Esel, ein Unruhestifter sondergleichen. Er war von Koliken geplagt. Und ich genauso, schon nur beim Gedanken, wegen dieses Notfalls nach Poggio Corbello zu müssen.«

»Ich bin die ganze Zeit im Haus geblieben. Mehr

noch, kaum hörte ich den Motor auf der Straße, hab ich mich ins Zimmer eingeschlossen. Ich war da, mit der Angelegenheit eines Bottai wenige Meter von mir. Da ich überhaupt nicht wusste, was ich machen sollte, fing ich sogar an zu beten. Stell dir vor, wie blöd.«

»Fast hätte ich ein Auge verloren, um diesen Kindskopf zu untersuchen. Auf einmal stieß er nach mir aus; den Abdruck hab ich heute noch. Das war mir vorher nie passiert, auch nachher nicht. Ich erahne die Laune der Viecher gewöhnlich. Nur damit du weißt, wo ich in Gedanken war. Der Esel hat es mir mit einem Schlag in Erinnerung gerufen.«

»Oh, ich hätte dir an die Gurgel springen können! Plötzlich hör ich von draußen rufen: ›Nives! Nives!‹ Und schon wurden meine Knie weich. Ich komm da hin und finde dich mit blutüberströmtem Gesicht.«

»Ich war völlig neben der Spur. Ich ging los, ohne mir dessen bewusst zu sein – ein Rausch war nichts dagegen … Der arme Anteo führte mich, und in mir drin steckte eine Art Klein Loriano, mit dem ich diskutierte: ›Untersteh dich, draufloszuplappern, weißt du!‹, sagte ich zu ihm. Aber mir war nicht klar, ob das Gefasel in meiner Verstörung auch zu hören war. Schließlich fand ich mich auf einem Sessel wieder.«

»Zwei Handtücher.«

»Wie bitte?«

»Zwei bluttriefende Handtücher.«

»Und was habe ich gesagt?«

»Gar nichts. Du hast dich mit Eulenaugen umgesehen. Inzwischen flippte mein armer Mann aus, er schwadronierte davon, die Zwillingsbüchse zu holen und das Tier zu erschießen. Er dachte an Anzeigen und solche Sachen. Ihm zufolge riskierten wir auch die Tollwut.«

»Da gab es einen Moment, von dem nur ich weiß.«

»Nämlich?«

»Ich war in dem kompletten Belämmerungszustand, nicht einmal die Maulschelle, die Maciste mir mit zwanzig verpasste, hatte mir so zugesetzt, auch wenn ich eine Woche lang auf der rechten Seite nichts mehr spürte und ein oder zwei Monate lang dieses Pfeifen nicht mehr loswurde. Auf einmal ging dieser Vorhang auf, und ich erblickte dich.«

»Ein Schauspiel.«

»Du hattest den Dutt hochgesteckt, aber zwei Strähnen hatten sich gelöst und fielen vorne runter.«

»Kein Wunder, ich wrang ja die ganze Zeit Lappen aus. Du hattest eine Platzwunde an der Stirn, die nicht aufhören wollte zu bluten.«

»Ich sah nur verschwommen, aber dein Gesicht nicht. Was Anteo sagte, kam bei mir wie aus einem Brunnenschacht hundert Kilometer weiter weg an.«

»Der Hufschlag eines Esels macht so was.«

»Du machst so was.«

»Hör auf. Dann kam der Krankenwagen.«

»Da kann ich mich gar nicht dran erinnern.«

»Als sie dich weggebracht haben, wurde mir schlecht. Ich fand mich dann auf demselben Fauteuil wieder, wo bis zwei Minuten vorher du gesessen hattest. Jetzt sitzt da eine Henne, die vom Dash behext ist.«

»Am nächsten Tag war ich wieder auf den Beinen mit zwei kleinen Erinnerungen. Einem dicken Brummschädel. Und dem Bild von dir mit den zwei widerspenstigen Strähnen. Man wies mich an, nicht zu schlafen, aber genau danach war mir. Ich sah dich über mir. Donatella schüttelte mich, wenn sie sah, dass ich einnickte. Manchmal kam mir ohne Grund eine Träne.«

»Gehirnerschütterung, hieß es.«

»Einen Monat lang habe ich so zugebracht, in jeder Geste verhalten. Nicht dass ich nicht jede Bewegung hätte machen können. Ich sollte mich überhaupt nicht bewegen. Auch beim Drehen des Halses musste ich eine Reihe von Vorkehrungen treffen. Während ich eigentlich am liebsten auf der Stelle nach Poggio Corbello gekommen wäre, um dir zu sagen: ›Still. Wir hauen ab.‹ Ohne Koffer, ohne Geld, ohne alles. Wir hätten uns neu erfunden in Palma de Mallorca oder unter Kamelen, Amerika war mir völlig egal. Das warst du.«

Nives stockte der Atem, einen Augenblick lang entrückte sie und sah einen ganzen Film von sich und Loriano im Irgendwo; sie ließ ein ganzes Leben ablaufen, das hätte sein können und nicht gewesen war.

Ein vergiftetes Bonbon, das sie nur ungern schluckte. Es juckte sie in den Händen. Wie dumm sie doch gewesen war, gleich klein beizugeben! In Wahrheit hatte auch der Veterinär nicht viel gebraucht, aufzugeben … An einem Oktoberabend nach dem Trubel des Herbstfestes hatte sich in einer Stunde das Schicksal zweier Liebender entschieden, wegen einer Magenverstimmung! Wenn Donatella sich nur nicht so überfressen hätte … Einen Augenblick später tat auch sie ihr leid. Eine Ehe in dem Bewusstsein zu führen, dass ihr Mann eines Nachts drauf und dran gewesen war, sie sitzen und ausbluten zu lassen. Auf diese widerliche Art, wie ein Dieb, ohne ein Wort der Erklärung. Demgegenüber hatte Nives es getan. Sie hatte ihrem Schwur die Treue gehalten. Na gut, die Flucht war dreißig Meter vor ihrer Haustür in sich zusammengefallen, aber das hatte nicht an ihr gelegen. Was sie betraf, hatte sie sich an die Abmachung gehalten. Sie spürte eine Hitzewelle in sich aufsteigen. In Anbetracht der jüngsten Geständnisse erkannte sie, wie diesen Liebenden übel mitgespielt worden war. Es kam ihr vor, als müsse sie sich wieder aufrichten, wie ein Kind, das auf dem Kies hinfällt, mit Steinchen, die sich in die Handflächen gebohrt haben, und aufgeschürftem Kinn, ohne auch nur einen Freund, den es aus Rache verprügeln konnte. Nives ertappte sich dabei, etwas Gotterbärmliches zu tun: zu vergeben. Das kam einfach so, von allein. Sie begriff – das war ein neues Gefangensein, das sie überhaupt nicht gewohnt war. Ein wenig beruhigte es sie; andererseits verstörte es. Ohne die Wut war sie nichts. »Vielleicht hattest du recht«, meinte sie mit einem Knoten im Hals. »Es war besser, nicht darüber zu reden.«

Bottai schien der Augenblick günstig, einen Handstreich zu wagen: »Wozu brauchst du den Brief dann?«

Die Witwe musste in Gedanken zu einem Befreiungsschlag ausholen; sie war derart auf einem anderen Dampfer, dass sie nicht gleich auf Anhieb verstand, wovon Loriano überhaupt redete. Sie hatte den Eindruck, aus einem Tagtraum herauszufallen. Was sie vorfand, als sie wieder festen Boden unter ihren Füßen spürte, war überhaupt nicht nach ihrem Geschmack. Sie war in ihrem Haus in Poggio Corbello, allein, mit aufgewühlter Seele und Schmerzen in den Beinen, da sie nun schon so lange am Telefon stand. Dennoch fühlte sie sich an einem besonderen Nerv gestichelt und antwortete aus der Hinterhand: »Damit ich verstehe, denkst du daran?«

Loriano biss sich auf die Lippe; innerlich stieß er einen verhaltenen Fluch aus. Da hatte er ein schmackhaftes Gericht zubereitet und es dann im schönsten Moment verschüttet. Er versuchte eine Ehrenrettung: »Es kommt mir immer noch vor wie eine Schmähung gegenüber dem, was wir waren.«

Nives schliff sich schon die Nägel, mit teuflischem Blick. »Willst du mir mit Erinnerungen den Hof machen? Hältst du mich für blöd?«

»Wie meinst du?«

»Stell dich nicht dümmer, als du bist.«

»Wenn etwas geschehen ist, hab ich's nicht bemerkt.«

»Bravo. Da machst du diesen ganzen Wirbel um Lasagne und die ganze Kotzerei, du erzählst von der Bank und Visionen nach dem Hufschlag und so weiter. Fast hätt ich's dir abgenommen. Wie kannst du noch in den Spiegel gucken?«

Was Bottai in dem Augenblick übrigens gerate tat. Sofort wandte er den Blick ab. »Hab ich was Falsches gesagt?«

Im Nu war Nives in den Zustand von vorher zurückgekehrt, mehr noch: Groll ohne Ende. Den ergriff sie wie ein Schwert. Sie bellte geradezu in die Sprechmuschel: »Du miese Schnecke! Du Pirat! Du jämmerliches Weichei! Heiratsschwindler der übelsten Sorte!« Dann kam ein Wort, das das gesamte Elend, das sie empfand, einzuschließen schien; sie belud es wie eine in den Schlund eines Vulkans zu schleudernde Feuerkugel: »Du Unhold!«

Bei Loriano kam es als Torpedo an, er fühlte sich geköpft. Und sah sich verloren. »Nives, aber ...«, stammelte er.

Sie befand sich in einem denkwürdigen Zustand: Sie weinte. Das hatte sie nicht einmal bei Anteos Beerdigung getan; auch nicht in den Tagen danach. Jetzt geschah es. Weil sie, verdammt noch mal, einfach nicht mehr konnte. Bei dem Spiel der Erinnerungen kam es ihr vor, als würde sie ein zweites Mal am Straßenrand sitzen gelassen. Bottai war wirklich ein böser Zauberer gewesen. Zuerst hatte er sie in ein verlorenes Paradies fliegen lassen, indem er sie angeregt hatte, ihr Herz offenzulegen, das sie seit ewigen Zeiten verdeckt gehalten hatte; dann hatte er die Klinge des Eigennutzes darin versenkt. Nämlich die Sache mit dem Brief, um sicherzugehen, dass er nicht allzu große Kreise ziehe. Das war die schlimmste Ohrfeige, die Nives bekommen konnte. Die Tränen flossen jetzt in Strömen. Sogar gedemütigt, vor allem von sich selbst – sie hatte sich selbst ihre Grube gegraben. Noch dazu kam auch die Erkenntnis: Wie konnte sie Loriano alles in allem zum Vorwurf machen, er wolle schützen, was er sich im Leben aufgebaut hatte? Ihr war die Einsamkeit geblieben. Nach dem Tod des Mannes war sie entblößt worden, in ihren Pantoffeln, wie in dem Kinderreim, mit einer schlafenden Henne auf dem Nachttischchen. Das Schluchzen nahm ihr die Luft. Bei jedem Ruck schien sich ihr der Magen umzudrehen. Doch am Ende schaffte sie es zu sagen, wehrlos, während der Hörer unter ihrem Kinn baumelte: »Na gut, ich werfe alles weg.«

Bottai war drauf und dran, die Gelegenheit beim Schopf zu packen; dennoch spürte er irgendwo einen Stich, er sah sich ein wenig als Peiniger, und diese Rolle wollte er auf keinen Fall akzeptieren. Die Witwe schätzte ihn als Tunichtgut ein, von der Sorte, die aus Eigennutz mit Gefühlen spielen. Er sagte entschieden: »Gott soll mich mit einem Blitz erschlagen, wenn auch nur ein Komma von dem, was ich erzählt habe, nicht der Wahrheit entspricht.«

Nives weinte immer noch. Die Tränen liefen herunter, es gelang ihr einfach nicht, ihnen Einhalt zu gebieten. Ihr Atem war gebrochen. Sie spürte den Nasenschleim auf den Lippen. Irgendwie schaffte sie es herauszubringen: »Lassen wir's.«

Loriano hatte seine Gründe, weigerte sich aber, diese Rolle zu übernehmen, um das Spiel zu Ende zu spielen. Es stimmte ja: Anfangs hatte er die Vergangenheit heraufbeschworen, um ihre Kanten zu entschärfen. Jetzt als Beelzebub dazustehen, der sich aus Eigennutz einer verflossenen Liebschaft bedient, das nun gerade nicht. Von wegen, dass er den Charme einer früheren Zeit opferte. »Du liegst in vielem gründlich daneben, wie gewohnt.«

»Hast du wenigstens deinen Spaß gehabt?«

Bottai fühlte sich sogar beleidigt. »Nives, bleib mal auf dem Teppich.«

»Auf dem Teppich bin ich schon seit Oktober '82.«

»Ich sage nur, dass es ziemlich irr ist, anderen Ballast anzuhängen, nur um das letzte i-Tüpfelchen zu setzen.«

»Demnach war ich auf der Welt, nur um Ja zu sagen und von den Ereignissen platt gewalzt zu werden, still wie ein Mäuschen?«

»Jedenfalls braucht es Einsicht.«

»Da werde ich sitzen gelassen, ziehe eine Tochter

mit einem Leihvater auf und kriege obendrein auch noch die Leviten gelesen.«

»Ich brauche dich von nichts zu überzeugen. Wenn du es vorziehst, den Knalleffekt dieses Briefes hochgehen zu lassen, nur zu. Ich sag dir, das braucht es nicht; mit der Vorstellung, für Gerechtigkeit zu sorgen, treibst du eine Menge Leute in die Verzweiflung. Du wärst nicht mal da, dir das Schauspiel anzusehen.«

Nives redete mittlerweile ohne Rückhalt. Das wurde ihr nicht klar, als sie die folgende Aussage traf, die ihr einfach herausrutschte: »Dabei hab ich keinen anderen Weg, um ein Zeichen zu setzen.« Erst nachher merkte sie, dass sie mehr von sich preisgegeben hatte: Wenn sie aus dieser Welt schied, würde sie mehreren Familien ein Erdbeben hinterlassen. Die einzige bedeutsame Geste, die sie betraf, machte das bisschen zunichte, das sie sich aufgebaut hatte.

»Bist du so darauf erpicht, dass deine Tochter dich verflucht?«

Die Witwe stutzte. »Warum sollte sie denn?«

»Ich würde es tun, an ihrer Stelle. Meine Mutter stirbt und zündet beim Notar eine Bombe von dieser Sprengkraft. Ein tolles Geschenk. Und wofür? Die Grenze zwischen Wahrheit und Strafe ist so gut wie nicht vorhanden.«

»Jetzt bist du zum Philosophen geworden.«

»Das würde auch ein Kind verstehen.«

»Na bitte, jetzt bin ich auch noch blöd.«

»Manche Dinge sollte man besser lassen, wo sie sind.«

»Eines Tages wird Banda kommen und mir die üblichen zwei Tüten Einkauf bringen, und er klopft erfolglos an die Tür. Dann wird ihm bange, und er holt die Feuerwehr. Die Felder und der Hof werden an den Bestbietenden verkauft, und das wars dann, alles gelöscht. Meine einzige Tochter hat keinen Grund mehr, in dieses Scheißkaff zu kommen. Die letzten Gerüchte über mich handeln von einer Nives, die nach dem Tod ihres Mannes ein wenig den Verstand verloren hat, sie hat sogar angefangen, mit Hühnern zu reden … Aber ich bin hier gewesen, verdammt noch mal! Mir ist es hier auch gut gegangen, das soll man wissen!«

»Behauptet ja keiner das Gegenteil.«

»Jeder Mensch hat ein Abenteuer zu erzählen, oder eins, von dem noch nach Jahren die Rede sein wird. Ich nicht. Das einzige Ereignis, das ich gern in die Welt hinausschreien möchte, ist ein Knaller, der zwei oder drei Häuser zum Einsturz bringt. Eine schöne, aber traurige Fabel. Von einer Liebe, die man um Mitternacht an der Landstraße hat sitzen lassen.«

»Klingt, als sei alles andere nichts wert gewesen …«

»Du brauchst mir nichts anderes in den Mund zu legen.«

»Danach klingts.«

»Als Laura geboren ist, war sie mir völlig egal.«

Nives war imstande, kaltblütig solche Geschütze

abzufeuern. Loriano wich instinktiv mit dem Kopf zurück, während er wiederholt blinzeln musste. »Vielleicht hab ich nicht richtig verstanden.«

»Ich habs noch nie laut ausgesprochen.«

Er räusperte sich. »Mein Rat: Tus nie wieder. Es klingt wie eine schlimme Gotteslästerung.«

»Aber so ist es. Sie tut mir bis heute leid, die Arme. Nicht nur, dass sie einen Vater hatte, der er nicht war, sie hatte auch noch eine lieblose Mutter, seit diese sie im Bauch trug. Vielleicht war sie deswegen ein Frühchen. Sie fühlte, dass sie nicht erwünscht war. Da hat sie sich einen Ruck gegeben.«

Loriano wusste nicht, was sagen. Er hatte Gänsehaut bekommen. Er sah sich im Rückblick; der erste Gedanke war: ›Auf die wollte ich mich einlassen ...‹ Dann brachte er die Sache wieder auf den Punkt: Am andern Ende war ein geschädigter Mensch. Nives fuhr inzwischen fort, es sprudelte jetzt erneut aus der Quelle: »Anfangs hatte ich nichts dagegen, schwanger zu sein empfand ich als das Liebessiegel, das zu einem bestimmten Weg ermunterte ... Ich hatte noch kein Papier gesehen, aber der Zweifel, ob doch Anteo was damit zu tun hatte, ließ mich ziemlich kalt. Er kam fertig von den Feldern zurück, er schaffte es beim Abendessen kaum, den Kopf gerade zu halten. Die drei, vier Gläser Wein, die er runterkippte, halfen auch nicht. Um Himmels willen, alle heiligen Zeiten gab er mir seinen Segen. Aber er machte es im Halbschlaf, ganz schlaff und mit verdrehten Augen. Auf der andern Seite gab es einen kackfarbenen 127er, der mehr oder weniger täglich zu einer gewissen Zeit am Schilfgürtel stand. Wir sahen uns diesen meinen Mann am Horizont an, mit dem Traktor wirbelte er Staub auf. Mittlerweile quietschte der kleine Apparat. Nach den Turnübungen versprachen wir uns ganz aufgeregt das Blaue vom Himmel. Völlig verschwitzt, und schön wie die Sonne. Wenn sich dir das Bild von mir mit dem ausschlagenden Esel eingeprägt hat, dann mir eins von dir, braun gebrannt wie ein Gott, im Spiegel der kleinen Blechkiste. Man brauchte keinen Wissenschaftler zu bemühen, um zu kapieren, mit welcher Wahrscheinlichkeit ich mich vom einen oder vom andern hatte besprengen lassen.«

Bei dieser Beschreibung befiel Bottai ein Moment des Ekels. Doch es blitzte das Bild eines Sommertags auf, an dem er wegen des vielen Reibens und der dreifach gesteigerten Hitze innerhalb des Wagens tatsächlich zur Sardine geworden war. Er meinte jetzt sogar, einen gewissen Geschmack wahrzunehmen. Klar sah er ihren weißen Busen vor sich. So wie damals fuhr Nives mit ihrem Galopp fort: »Eines Morgens packte ich Anteo und verdarb ihm den Malzkaffee. ›Hör mal‹, sagte ich. ›Seit fast drei Monaten krieg ich sie nicht.‹ Er war gerade dabei, ein Marienkeks einzutunken, ich seh ihn heute noch vor mir. Er blieb eine ganze Weile mit dem Keks auf halber Strecke zwischen der Tasse und dem Mund, als würde er gewisse Wahrscheinlichkeiten ausloten, da er ja gut wusste, wie weit er der Verursacher sein konnte. Er traf eine präzise Aussage. Wenn ich mir den Augenblick vorstellen soll, in dem der Boden unter den Füßen verschiedener Leute ins Wanken geraten ist, dann dieser. Er murmelte: ›Dann wissen wir wenigstens, was wir von den Bandini verlangen sollen.‹ Wir hatten nämlich eh vor, einen Teil der Felder zu verpachten, die, wo er nicht hinkam; Anteo war wirklich nicht der Typ, der Landarbeiter einstellte. Witzig, sich vorzustellen, dass diese Pachten jetzt in die Languedoc gehen, in dieses Frankreich, das ich nicht gesehen habe und gar nie sehen will.«

Bottai fielen langsam die Augen zu. Das Eintauchen in die Vergangenheit hatte ihn ziemlich mitgenommen, er versuchte, dem Gespräch eine andere Wendung zu geben: »Auf alle Fälle …«

Der Tierarzt wurde komplett übergangen, Nives war in voller Fahrt und hatte die feste Absicht, sich durch nichts aufhalten zu lassen. »Nachdem du mich an der Landstraße hast sitzen lassen, ist mir die Schwangerschaft immer mehr zur Last gefallen, in jeder Hinsicht. Das war kein Segen mehr wie am Anfang. Ein Klumpen der Beklemmung, der lebendig wurde. Er wurde von Woche zu Woche größer, ohne dass ich etwas dagegen tun konnte. Ich war von allem angewidert, auch vom armen Anteo, der ständig um mich herumscharwenzelte und sich im Gegensatz zu mir gar nicht mehr einkriegte vor Freude und an mir klebte wie eine Zecke. Die Monate vergingen, und

Laura gärte in meinem Schoß, in diesem Meer von Ängsten. Sie aß, was ich aß, zusätzlich kriegte sie die ganze Verbitterung ab, da ich zunehmend auf dem Zahnfleisch ging. Nach der Sache mit dem schicken Schlitten und dem ausschlagenden Esel lief es noch schlechter. Ich hatte das Gefühl, den Schiss des Jahrhunderts auszubrüten. Der einzige Trost war, sie ein Mädchen zu wissen. Wäre es ein Junge geworden, hätte ich mich am Marillenbaum aufgeknüpft, ich hätte es einfach nicht ertragen, einen Viehdoktor in Miniatur aufzuziehen, bei dem mit etwas Pech die Züge eines Filibusters ans Licht kommen konnten. Ein Mädel konnte sich vielleicht besser tarnen. Das hieß allemal, sich mit wenig zufriedenzugeben. Ich deutete die Zeichen so: verschmäht und mit dem Angebinde eines Balgs versehen, der mich Tag für Tag an die Dummheit erinnern würde, auf die ich mich sehenden Auges eingelassen hatte. Mitten in diesem Seebeben kam die Nachricht, auch bei den Bottais sei man in freudiger Erwartung. Mein erster Gedanke war, mich umzubringen, mir mit der Schere in den Bauch zu stechen. Denn das Bild war klar: Ich hatte dir dazu gedient, dich zu entleeren, und du hast zu Hause mit deiner Frau noch eins draufgelegt. Alles in allem war ich von beiden die Gehörntere. Gehörnt und dem Gespött preisgegeben, wie man so sagt. Mehr noch: fertiggemacht.«

Loriano fühlte sich verpflichtet, eine Lanze für sich zu brechen: »Nives, ich hab dir doch deutlich gemacht …« Auch diesmal ließ sie ihn abblitzen und legte schnell nach: »Ich hab sie am ersten Mai entbunden. Anteo steckte eine rosa Schleife an die Haustür; ich empfand es wie einen Trauerflor im Gedenken an mich. Laura habe ich oft betrachtet, sie aber kaum berührt. Ich suchte sie hie und da nach Stellen ab, bei denen sich mir die Nackenhaare sträuben konnten, die Form der Hände, der Nase … Ich musste jedes Mal gegen den Brechreiz ankämpfen, sobald ich sie an die Brust legte. Sie war ein gieriges Fröschlein, saugte so besessen, dass ich blutete. Inzwischen kam das Gefühl auf, das mich beherrschte: Die Milch blieb aus, sie hätte ganze Krüge davon gewollt. Wir fingen mit dem Pulver an. Draußen, beim Sonntagsspaziergang im Dorf, trafen wir auf euch, die glückliche Familie … Du warst ziemlich flink, uns aus dem Weg zu gehen, sobald du uns gewittert hast.«

»Dasselbe hab ich von dir gedacht.«

»Nämlich?«

»Flink, dich im Schilfgürtel nehmen zu lassen und im Schlafzimmer ebenso.«

»Das nimmst du sofort zurück!«

»Von meinem Standpunkt aus sah es genau danach aus.«

»Da hast du mich mit einer Elle gemessen, die mich nicht betrifft.«

»Nach der Nacht an der Landstraße hast du dich schwanger gezeigt, ein Umstand, der für mich alles erklärte. Freilich bin ich dir aus dem Weg gegangen –

beim Gedanken, deinem Blick zu begegnen, musste ich sofort ins Glas schauen. Was ich auch an dem Tag ausgiebig tat, an dem Anteo mich holte, einen vom Teufel besessenen Esel zu untersuchen.«

»Mit der Zeit gewöhnt man sich dran.«

»So macht es die Zeit, sie verschluckt die Dinge.«

»Am Tor des Kindergartens grüßten wir uns wie Bekannte, die sich nie entschließen, vertrauter zu werden.«

»Dasselbe dann am Eingang zur Schule.«

»Ich machte mich mit Herzklopfen zurecht. ›Mach, dass er nicht da ist‹, betete ich insgeheim. ›Mach, dass er nicht da ist …‹«

»Wenn Donatella einen Schnupfen bekam, fühlte ich mich elend, dann musste ich mich darum kümmern, Amedeo in die Schule zu bringen und bei Schulschluss wieder abzuholen. Wenn ich dich kommen sah, fühlte ich, wie sich mir die Haare sträubten, aber ich tat, als ob nichts wäre.«

»Die Hausaufgaben, die Ausflüge. Ich beobachtete dich aus dieser Perspektive. Ich hörte Lauras Geschichten von dem, was in der Klasse vorfiel …«

»Bei mir dasselbe. Die Geburtstage waren eine echte Charakterprüfung. Abends hatte ich einen solchen Durst.«

»Die unendlich langen Sommer … Dann wurden die Kinder größer.«

»Von der Mittelschule an sind sie alleine in die Schule.«

»Bis zum Gymnasium.«

»Das war ein herber Schlag.«

»Der wahre Keulenschlag war ein anderer, Loriano.«

»Stimmt.«

»Als Laura mit der Nachricht nach Hause kam, musste ich mich setzen.«

»Auch für mich war das ein herber Schlag. Vielleicht fingen mir damals an die Haare auszufallen.«

»Geschwister.«

»Das konnte ich ja nicht wissen. Aber ich dachte an all das andere und fühlte mich schlecht.«

»Geschwister, die mit achtzehn anfangen, sich auf eine bestimmte Art anzusehen. Amedeo holte sie im Auto ab, und mir verging der Appetit. Ich verlor ein Kilo nach dem anderen; mein armer Mann wiederholte ohne Ende: »Komm, was soll schon sein. Früher oder später muss sie schließlich raus in die Welt …« Ich stellte sie mir in der Nähe des Schilfgürtels vor, so wie wir es fast zwanzig Jahre vorher getan hatten. Den Brechreiz wurde ich nicht mehr los. Mehr noch: Und wenn er plötzlich ohne zu wollen abgespritzt hätte? Weiß doch jeder, dass enge Verwandte nicht miteinander rummachen sollen, das gibt Missgeburten. Ich konnte nicht einfach stillhalten. Und nichts sagen. Ich bin bis auf die Knochen abgemagert vor lauter durchwachten Nächten. Amedeo hat ihr sogar einen kleinen Ring geschenkt, und ich hab mir die starken Tropfen verschreiben lassen. Laura ist regelrecht aufgeblüht … Also, schon nur vom Reden widert es mich wieder an.«

»Vielleicht kam ja ein guter Teil der Anziehung von dieser Sache mit dem Blut …«

»Bestimmt. Die waren völlig benommen von ihrem außerordentlichen Schwarm. Laura hätte sich nie und nimmer von ihm gelöst. Und die Telefonate … Die Telefonrechnungen waren ein Hammer. Das Gezeter, den Geliebten ins Wohnzimmer zu laden, ich wollte es überhaupt nicht hören, dieses Gerede! Das Letzte, was ich brauchen konnte, war, sie in ihrem Zimmer zu wissen, um das zu tun, was sie draußen mangels Zeit und passender Orte kaum konnten.«

»In dem Alter reicht auch ein Nagelbrett aus.«

»Auf alle Fälle habe ich die Sache nicht gefördert. Ich musste ihre hysterischen Krisen aushalten, plötzlich war ich zur bösen Hexe geworden. Wenn es nach mir gegangen wäre, hätte ich Laura in ihr Zimmer eingesperrt, an die Wand gekettet. Eines Abends hat sie wirr dahergefaselt, von heiraten und so. Da bin ich ausgerastet.«

»Amedeo kam staksig wie ein Soldat ins Wohnzimmer, er sagte: ›Ich muss euch etwas mitteilen.‹ Als er seine Absichten verkündete, wurde Donatella fuchsteufelswild: Was sollte der Quatsch? Er hatte zu lernen und sich um das Studium zu kümmern und sonst nichts!«

»Wie recht sie hatte.«

»Aber das war nicht genug, unser Sohn hatte sich

bereits entschieden. Er war immer schon ein sturer Schädel. Ich sah mich schon am Hochzeitstag, mit dir als Brautmutter ... Von ruchlosen Verliebten zu Schwiegereltern. Ich sagte mir: ›Was ist das für ein Fluch?‹ Dabei spürte ich auch das Poetische, das das Leben manchmal arrangiert: Die Kinder führten unser Werk fort. Sie brachten zur Vollendung, wozu uns der Mut gefehlt hatte.«

»Von wegen poetisch! Inzest unter Halbgeschwistern, das war es!«

»Ich wusste das nicht. Du hättest mir ja ein Wörtchen stecken können.«

»Na klar doch, auf die Gefahr hin, den Dritten Weltkrieg auszulösen.«

»Zum Glück hat sich die Sache dann erledigt, wie es häufig geschieht, wenn man in dem Alter verknallt ist. Amedeo wollte sich umbringen.«

»Da musst du dich bei mir bedanken.«

»Wie bitte?«

»Ich konnte ja nicht zulassen, dass sie sich in dem Sumpf ruinieren, den wir ohne ihr Wissen angelegt hatten. Es gab die Gefahr, dass dabei ein Monster für die Krüppelanstalt herauskam. Mal abgesehen davon, dass ich es schon entsetzlich fand, sie Hand in Hand zu wissen.«

»Also?«

»Zwei Achtzehnjährigen ein Bein zu stellen ist nicht so schwierig.«

»Nives, das glaub ich nicht.«

»Du kannst es ruhig glauben. Ich habe mich an einen Fachmann gewandt.«

»Einen Fachmann?«

»Ich zahlte mit einer Münze, die nie aus der Mode kommt.«

»Nämlich?«

»Schamhaar eines gerade erblühten Mädels.«

»Nämlich?«

»Laura.«

Loriano fragte sich, ob er bereit war, seine Wertvorstellungen auf den Kopf zu stellen – er spürte in der Luft schon den nächsten Bombenhagel –, und die Antwort war: nein. Aber er konnte jetzt keinen Rückzieher mehr machen. »Hast du deine Tochter benutzt?«

»*Unsere* Tochter.«

»Sie halt.«

»Sie war so ein Häschen, das nach Lüsternheiten gierte.«

»Obacht. Du redest von der Person, die du auf die Welt gebracht hast.«

»Ein Ringen der Gelüste und des übrigen hormonellen Notstands ... Ich kannte einen, der dieses Gelände bestens zu beackern wusste.«

»Wen.«

»Schau an die Decke.«

»Was?«

»Wenn du an die Decke schaust, kannst du dir's denken.«

Bottai tat es, er hob die Augen gen Himmel. Er sah den leicht verschimmelten Putz in der Ecke. »Nives …«, murmelte er verwirrt. Da fiel der Groschen. Rasch sagte er: »Renato?«

»Wer, wenn nicht er.«

Loriano musste erneut gegen den Schwindel ankämpfen. Nach drei Stunden am Telefon fiel ihm Pagliuchi schon wieder auf den Kopf. Er fragte sich, ob die Person am anderen Ende der Leitung nicht alles geplant hatte, indem sie zu Beginn einen gewissen Horizont angelegt hatte, der sich nun eröffnete. Allein durch die Vorstellung fühlte er sich völlig aufgeschmissen: Vor einem derart raffinierten Hirn war er, ein einfacher Tierarzt auf dem Land, wie Dreck. Entmutigt sagte er: »Meine Liebe, was hast du diesmal angestellt?«

»Wir haben anfangs schon drüber geredet: Renato reißt heute noch die Zwanzigjährigen auf. Damals lag er auch noch mehr im Trend. Und seit wann ist sie denn vorbei, die Mode von diesem Weiberheld …«

»Also?«

»Ich hab ihn drum gebeten.«

»Um was.«

»Er sollte den Charmeur spielen.«

»Moment mal, du hast Renato Pagliuchi gebeten, einem Mädchen von gerade mal achtzehn Jahren den Hof zu machen?« Als Bottai das sagte, schüttelte ihn der Ekel von Kopf bis Fuß.

»Wenn ich dir die Affären dieses Könners erzählen müsste, wären wir eine Ewigkeit am Telefon.«

»Die interessieren mich nicht.«

»Ein Vollblüter, der …«

»Nives, erzähl weiter, ich bitte dich.«

»Laura seufzte von früh bis spät nach diesem Taugenichts, dem gerade die ersten Barthaare sprossen.«

»Sachte, sachte. Du redest von meinem Jungen.«

»Wer vom Fach ist wie der Pagliuchi schiebt einen solchen Wicht im Nu weg.«

»Jetzt regst du mich langsam auf. Mein Amedeo …«

»Renato verdrehte einem mit seinem Aussehen den Kopf, freilich, aber da war auch alles Übrige. Wie er dich ansah, zum Beispiel. In den Abgrund ließ eine sich ohne jeden Rückhalt fallen. Sein Reden, seine Berührung. Lass dich mal von so einem Fuchs aufs Bett legen. Eine Kampfmaschine, die selbst der Muttergottes die Unterhosen …«

»Stopp! Das lass ich dir nicht durchgehen!«

»Wie dem auch sei. Ich stellte mir nur die Wirkung auf ein unerfahrenes Stütchen vor.«

»Wie widerlich.«

»Ein Mann mit Erfahrung, verstehst du, was ich meine?«

»Widerlich.«

»Er ging problemlos drauf ein.«

»Sobald ich ihn sehe, polier ich ihm die Fresse.«

»Eine Woche hat ihm gereicht.«

»Soll er es wagen, noch einmal an meine Tür zu klopfen.«

»Ich beobachtete Laura. Sie kam mit einem gewissen Schatten im Gesicht zurück, aber nicht aus Traurigkeit. Plötzlich fand sie sich mitten in einem Nebel wieder. Während des Abendessens ging sie minutenlang raus; sie bekam einen verschlagenen Gesichtsausdruck. Denselben, den wir als Mädchen trugen. Einschließlich Donatella.«

»Hör mal, tu mir den Gefallen …«

»Mir war klar, dass das hundsgemein war, ich bin ja kein Satan.«

»Entschuldige, aber da hab ich so meine Zweifel.«

»Immer noch besser als ein unbewusst vollzogener Inzest. Noch etwas, was den Pagliuchi auszeichnet, ist sein Hunger.«

»Jetzt fehlen ihm auch noch die Spaghetti.«

»Nein, nein, davon hat er genug. Du sollst mal sehen, was für eine Nudel …«

»Also echt, davon will ich gar nichts wissen.«

»Ein Hunger nach Frauen. Letzten Endes ist es nicht mal seine Schuld, man hat ihn so gemacht. Ein Prunkstück dieses in Körper und Seele kunstvoll geformten Wesens.«

»In meinen Augen ist er nur ein armseliger Kerl mit dem Tick, jedes Loch füllen zu müssen, weil er nicht imstande ist, sein eigenes zu befriedigen, das, mit dem er eines Tages ein Wörtchen reden müssen wird.«

»Bleib du mal da und stell deine Überlegungen an. Renato legt Frauen und Fräuleins ohne viele Worte flach. Laura ging es auch so. Als junges Mädchen ist sie seinem Sog in zwanzig Minuten erlegen. Als sie da rausgekommen ist, wusste sie nicht mal mehr ihren Namen.«

»Ich muss gleich kotzen.«

»Ja, das konnte einem auch passieren. Unter dem Pagliuchi zu liegen war mehr als eine Achterbahnfahrt: Ein unbändiger Spaß, aber wenn du wieder Boden unter den Füßen hattest, zitterten dir die Knie. Laura ging es wie dir vor einem Glas Wein: Sie schwor, es sei das letzte Mal, und eine Minute später war sie wieder da und verlangte noch mal und noch mal. Ich spürte es. Der Entzug von Renato machte ihr zu schaffen. Eine Mutter versteht bestimmte Dinge.«

»Hör mal, ich sag lieber gar nichts.«

»Nimm ein hübsches Ding wie sie, und gib es dem erstbesten Amedeo in die Hände, der keine Ahnung von Tuten und Blasen hat und kaum seinen Pimmel findet, um Pipi zu machen. Und dann lass sie eine Minute lang von einem ordentlichen Presslufthammer durchnudeln, und du siehst, wie sie dahinschmilzt. Unter Anleitung einer geschickten Hand, die diesen Namen verdient, wirst du in drei Sitzungen zur Frau. Laura hat das ausgiebig erfahren. Plötzlich kam sie auf einen ausgefeilten Geschmack.«

»Nuttenmäßig, um es klar zu sagen.«

»Jetzt komm ich und hau dir ein paar runter.«

»Damit ich das richtig verstehe: Um hier mitzuspielen, muss ich zulassen, dass an meinem Amedeo kein gutes Haar gelassen wird, während deinem Bienchen kein Härchen gekrümmt werden darf?«

»*Unserem.*«

»Was sie halt ist. Los, stocher weiter in diesem Güllehaufen.«

»Du hättest sie mal sehen sollen, sie schien gar nicht mehr sie selbst. Die Anrufe wurden seltener, Anteo wars zufrieden. Sonntagnachmittag fuhr Laura ins Dorf hoch, ohne sich von der Klapperkiste eines knutschsüchtigen Gleichaltrigen auflesen zu lassen, mit dem Wahn, den Mann geben zu können.«

»Und noch mal.«

»Laura hatte bereits andere Aussichten; abends kam sie mit Ringen unter den Augen zurück. Mit gestillter Leidenschaft beugte sie sich über die Bücher. Die Absprache mit Renato war klar: Es sollte weiterlaufen, bis ich mir des Zerfalls sicher war. Für ihn war das kein Problem. Er war immer so hilfsbereit …«

»Den bring ich sowieso um.«

»Eines Abends kam er an die Haustür.«

»Wer.«

»Amedeo. Ich ging zur Tür; ohne Anmeldung stand er plötzlich vor mir. Oh, er sah schlecht aus. Habe noch nie jemanden derart vom Leid verklärt gesehen. Er stotterte kaum vernehmbar. Als Erstes dachte ich: ›Jetzt fällt er mir auf dem Treppenabsatz in

Ohnmacht.‹ Er verlangte nach Laura, er müsse um jeden Preis mit ihr reden. ›Augenblick‹, sagte ich. Und ließ ihn da stehen.«

»Hast du ihn nicht mal reingelassen?«

»Es bestand bei uns wirklich kein Bedarf nach einem weiteren Bottai. Ich holte unsere Tochter, fand sie über das geheime Tagebuch gebeugt. Sie klappte es schnell zu; ich brauch gar nicht zu erwähnen, welche Szenen sie vermutlich gerade aufschrieb … Als ich sagte, an der Haustür warte ein zittriges Jüngelchen auf sie, verdrehte sie die Augen. Ihr Seufzer ließ mich sofort frohlocken.«

»Und dann?«

»Sie hat eine ganze Weile gebraucht, sich dieses Tierchen vom Leib zu halten. Wir hörten drinnen einen ganzen Schwall von Beschwörungen, Verlangen nach Erklärungen, die sofort an den Absender zurückgingen. Dem armen Anteo tat der Junge leid. Er zerfleischte sich, brach zuweilen in Tränen aus und bekam Hustenanfälle. Mein armer Mann sagte: ›Holen wir ihn doch wenigstens hier an den Tisch, dass man in Ruhe reden kann …‹ Das hätte gerade noch gefehlt. Im Gegenteil, sollte Laura ihn doch fertigmachen. Sollte bei den Bottai doch endlich der Biss des grausamen Verlassenwerdens einziehen, der dich den Wahnsinn kosten lässt, wenn Himmel und Erde keinen Sinn mehr haben und du nur noch eines träumst: aus dieser Welt zu gehen. Mit so einem Schmerz zu leben ist verrückt.«

»Aber er war doch gerade mal ein Junge …«

»Als Laura wieder zurückkam, machte sie sich einen Tee.«

»Gratulation.«

»Dann ging sie wieder auf ihr Zimmer, und das wars. Aber ich wartete noch, bis ich mit Renato drüber redete. Ich ließ zu, dass die Sache noch gute zwei Wochen weiterlief. Sich eine Heulsuse vom Hals zu halten ist nicht einfach, in der Tat kamen weiterhin Briefchen und so was. Mal ein Hinterhalt, mal ein Wutausbruch. Sachen, die mir in die Karten spielten, Laura verlor erst recht jede Zuneigung. Eines Tages kam sie in Tränen aufgelöst nach Hause. Sie hatte sich eine Ohrfeige eingefangen.«

»Unmöglich. Mein Amedeo hat nie …«

»Er war handgreiflich geworden, und ob. Womit er sich als Dummkopf herausstellte, und nicht nur als Langweiler. Das ließ sogar Anteo grob werden, er war drauf und dran, zu euch nach Hause zu kommen, um die Angelegenheit mit Fußtritten zu klären. ›Der Vater soll kriegen, was ich dem Sohn nicht geben kann‹, sagte er und verschob dabei die Möbel, um sich abzureagieren. Ich sag die Wahrheit: Der Gedanke gefiel mir nicht schlecht, ich hätte nichts dagegen gehabt, wenn du die eine oder andere Breitseite abgekriegt hättest, ein Zeichen, dass hier noch eine Rechnung offen war. Schließlich beruhigte ich ihn. Ich durfte mein Ziel nicht aus den Augen verlieren, auch wenn es allem Anschein nach bereits umfassend erreicht war. Mit dieser Ohrfeige hatte Amedeo sich selbst seine Grube gegraben.«

»Damit das klar ist: Anteo hätte gar nichts gemacht. Er war ein freundlicher Mensch. Er hatte genug Verstand, um den Ausraster eines verletzten Jungen zu verstehen.«

»Er hat mit einem Schlag die Schranktür zertrümmert. Ich musste ihm von den Tropfen geben, die ich nahm, sonst hätte er das Haus zerlegt. Und anschließend dich.«

»Wenn du gesehen hättest, in welchem Zustand mein Junge war, würdest du die Klappe weniger weit aufreißen, von einem Tag auf den andern hat er sich in seinem Zimmer eingesperrt. Er aß nichts mehr. Er heulte und sonst gar nichts.«

»Freut mich.«

»Donatella machte sich Sorgen. Sie lebte vor Amedeos Tür auf einem Hocker. Sie hatte Angst, er könne irgendeine Dummheit begehen. Keine Schule, keine Freunde. Alles vorbei.«

»Ich weiß, wovon du redest.«

»Eines Tages habe ich eingegriffen, so konnte es nicht weitergehen. Wir schickten ihn zu meinem Bruder nach Siena. Ein Tapetenwechsel würde ihm guttun. Neue Gesichter sehen und so weiter. Die Schule hat er dort beendet. Er lässt sich heute noch ungern hier im Dorf blicken.«

»Denselben Kollaps hatte dann auch Laura. Ich sagte Renato, er solle mit dieser Therapie aufhören.

Du kannst dir vorstellen, welche Tragödie. Ihr Notendurchschnitt ging in allen Fächern in den Keller, das Abitur hat sie gerade noch geschafft. Danach sagte sie als Erstes: ›Ich will hier weg.‹ Ein paar Tage später haben wir ihr geholfen, in Florenz ein Zimmer für die Uni zu finden.«

Bottai holte tief Luft. »Die armen Kinder«, murmelte er.

»Es gab keinen anderen Weg. Oder wärs dir lieber gewesen, jetzt einen missgebildeten Enkel zu haben, dem du einlöffeln musst?«

»Ach, was weiß ich …«

»In dem Brief entschuldige ich mich auch dafür.«

»Was?«

»Ich sage Laura, wie das gelaufen ist mit dem Pagliuchi, der sie vor einem Inzest bewahrt hat, von einem Scheinvater und all dem.«

»Hast du sie noch alle?«

»Sie hat das Recht, das zu erfahren. Und vielleicht versteht sie mein Handeln als Mutter. Ich konnte nicht zulassen, dass meine Dummheiten auf sie zurückfallen.«

»Umso mehr musst du den Brief jetzt verbrennen. Du sprichst darin von einem Scheinvater, um den sie noch weint; der echte ist gesund und munter. Du sagst ihr, Liebschaften mit dem Blut ihres Blutes gehabt zu haben und von einem Pagliuchi um die vierzig benutzt worden zu sein, um das nicht Wiedergutzumachende zu vermeiden. All dies in deinem

Letzten Willen, das heißt nach einem nicht unerheblichen Trauerfall. Und all das fällt auf einen einzigen Menschen. Nives, die Leute drehen wegen weitaus weniger durch. Ich selber, wenn ich hier auflege, werde nicht mehr derselbe sein wie vorher.«

»Soll denn alles, was mich betrifft, immer still und heimlich bleiben?«

»Das sagt dir doch die Vernunft. Es geht da nicht um unsere Spritztouren von vor hundert Jahren. Du riskierst, unseren Kindern das Leben zu ruinieren. Wozu? Um zu zeigen, dass du deine Abenteuer hattest? Da geht es nicht mal mehr um Rache gegen mich.«

»Sogar Rosaltea hat einen Abgang gemacht, der sich sehen lassen kann. Man redet heute noch davon.«

»Jetzt hast du's schon wieder mit dem armen Mädchen. Komm, lassen wir sie in Frieden ruhen.«

»Im Übrigen kriegt mich keiner davon ab, dass der Bardo bei der Tragödie seine Finger im Spiel hatte …«

»Nives, es muss nicht jedem sein Leben einen doppelten Boden der Wahrheit haben. Die Rosa hat wegen Renato den Verstand verloren. Sie hat es nicht geschafft, es sich ohne ihn vorstellen zu können, vielmehr ein Karussell an Frauen, Witwen, Schwestern und Nichten an ihrer Stelle mitansehen zu müssen. Letzten Endes hat sie dann die Dummheit begangen … Übrigens.«

»Was.«

»Nach dieser niederträchtigen Geschichte, die du mir erzählt hast, weiß der Pagliuchi alles über uns.«

»Er weiß nichts.«

»Hast du ihn eingespannt, Laura den Hof zu machen, ohne irgendeinen Vorwand? Das glaub ich nicht.«

»Es hat ihm gereicht zu wissen, dass meine Tochter von einer Liebschaft verblödet war, die riskierte, ihr Abi zunichtezumachen und überhaupt ihr Leben zu ruinieren mit dem Märchen einer vorzeitigen Heirat. Diese Liebschaft musste aufhören.«

»Und er hat nicht mit der Wimper gezuckt? Kam ihm das nicht ziemlich verrückt vor?«

»Als Begründung reicht das doch aus.«

»Er hatte eine Mutter vor sich, die ihm die Blüte ihres Mädchens anbot. Es gibt gewöhnlich andere Methoden, um einen Sohn oder eine Tochter, die durch einen Schwarm aus dem Lot geraten sind, wieder zur Vernunft zu bringen. Du hast ihm ein noch jungfräuliches Unterhöschen in die Hand gegeben.«

»Du kennst ihn nicht.«

»Wir sind zusammen aufgewachsen.«

»Ich meine sein Wolfsauge, wenn er Frischfleisch riecht. Renato hat diese Schwäche: Wenn du ihm von einer Frau erzählst, die er noch nicht gehabt hat, kennt er nichts mehr.«

»Toller Typ.«

»Er lebt von dieser Gier. Du hast den Wein, er brennt Kälbern sein Brandzeichen auf.«

»Um dann mutterseelenallein abzukratzen.«

»Seine Rosa funktioniert so.«

»Und deine? Du bist doch so geschickt, anderen ihre Missetaten vorzurechnen, was ist denn deine Rosa?«

»Die Einsamkeit.«

Die Antwort berührte den Tierarzt. In Anbetracht all dieser Enthüllungen nahm er tatsächlich die Vereinsamung wahr, von der seine frühere Flamme sprach. »Die kommt auf jeden von uns zu ...«, sagte er in dem Bemühen, ihr etwas von ihrer Last abzunehmen.

»Sie zeigt sich heute in all ihrer Essenz: in einer Henne.«

»Ach ja, die Henne.« Loriano drehte sich der Kopf, er fühlte sich wie nach der Rückkehr von einer Reise. Seit Beginn des Telefonats hatte er eine ganze Lawine von Rückblenden über sich ergehen lassen, von den Intrigen Donatellas in ihrer Pubertät bis zu den Rätseln um Rosaltea mit Pagliuchi, der von einem später ermordeten Maler als Christus dargestellt wurde, um dann dort, im Schilfwäldchen der Raullis, zu landen; dann die Sache mit der Straße, das Wissen um eine Tochter und so fort. Nives schnürte nun das Band drum herum, indem sie zum Beginn zurückkehrte: der hypnotisierten Henne. Das war ein derart abruptes Zurückspulen, dass Bottai auch sein Blut in den Adern rückwärts fließen spürte. Jedenfalls schien es ihm eine gute Gelegenheit, um wieder auf eine andere Tonlage zu kommen. »Wie geht es ihr?«

Die Witwe sah sich um. Der Hörer fiel ihr aus der Hand. Am anderen Ende der Leitung nahm Loriano wahr, dass etwas geschehen sein musste. Schließlich gelang es Nives, den Hörer wieder aufzunehmen und zu sagen: »Hör dir das an: Jetzt ist sie weg.«

»Sie ist weg?«

»Giacomina, meine ich.«

»Wo kann sie denn sein?«

»Woher soll ich das wissen. Sie war da, wie versteinert. Jetzt ist sie weg.«

»Also ist sie aufgewacht.«

»Sieht so aus. Aber ich sehe sie nicht.«

»Sie wird sich was zu futtern gesucht haben …«

»Meine Güte, das macht mir Angst.«

»Was.«

»Giacomina.«

»Aber du schläfst doch mit ihr im selben Raum.«

»Zu wissen, dass sie wie ein Geist durchs Haus läuft, da krieg ich Dünnschiss.«

»Nives, red keinen Quatsch.«

»Du hast leicht reden, du hast eine Bärin, die dir mit ihrem Geschnarche Gesellschaft leistet.«

Loriano wurde erneut in die Wirklichkeit zurückgeholt, vor lauter Bildern Donatellas in den Rückblenden hatte er beinahe vergessen, sie im Haus zu haben. »Warte«, flüsterte er. Er spitzte die Ohren. Nach ein paar Sekunden sagte er: »Ich höre gar nichts.«

144

»Warum flüsterst du wie ein Spion?«

»Still!«, zischte der Tierarzt.

»Was.«

»Donatella.«

»Was.«

»Sie schnarcht nicht mehr.«

»Sie wird sich auf die Seite gedreht haben. Pummelig, wie sie ist, wird sie ihr Rasseln zwischen den Möpsen ersticken.«

»Du kennst sie nicht.«

»Wir sind zusammen aufgewachsen.«

»Ich schlafe schon ein Leben lang mit ihr im selben Bett.«

»Na so was! Diese Neuigkeit muss ich mir gleich aufschreiben …«

»Ich sage dir, das ist keine normale Stille.«

»Stille ist Stille.«

»Vielleicht ist sie wach.«

»Red doch keinen Quatsch, es ist fast zwei Uhr.«

»Und wenn sie wach ist?«

»Denken wir lieber an mein Püppchen, das sich jetzt in den Kopf gesetzt hat, das Gespenst zu geben.«

»Gleich komm ich nach Poggio Corbello und dreh dir und ihr den Hals um.«

»Das nennt man Dankbarkeit.«

»Du bringst mein Leben durcheinander, und ich soll dir auch noch dankbar sein?«

»Warum bist du jetzt gemein zu mir?«

»Ich bin gemein zu dir?«

»Genau genommen warst du das schon immer.«

»Nives, im Schlafzimmer haben wir noch ein Telefon.«

»Geht mich das was an?«

»Nicht dass die Donatella, da sie mich nicht im Bett gespürt hat, aufgewacht ist? Nicht dass sie, da ich noch im Flur war, den Hörer abgenommen hat und …«

»Donatella, hörst du mit?«

»Wie.«

»Donatella, hörst du uns?«

»Lass das, du dumme Kuh!«

»Hier bin ich.«

»…«

»…«

»Macht ruhig weiter. Hübsch, dieser Nachtfilm.«

»…«

»L-Liebes, nicht …«

»Ciao, Donatella.«

»Ciao, Nives. Wie gehts der Henne?«

»Was weiß ich, ich krieg davon Gänsehaut. Ganz schön beklemmend, sich vorzustellen, dass jemand ohne dein Wissen im Haus rumläuft …«

»Tja.«

»Schatz, ich leg jetzt auf und …«

»Mein Lieber, du zeigst es mir, nicht wahr?«

»Was.«

»Wie gut du in neun Minuten aus einem Haus verschwinden kannst.«

»Nein, du hast nicht verstanden … Es war ein Scherz. Schau an, du bist drauf reingefallen!«

»Aber richtig.«

»Du wirst doch nicht im Ernst denken …«

»Nives, tut mir echt leid.«

»Meine liebe Freundin, nimms mir nicht übel. Ist nun mal so gelaufen.«

»Danke auch für Amedeo.«

»Mutterpflichten.«

»Und wegen Rosa: Ich bleib dabei. Bardo nimmt seine Missetaten mit ins Grab. Nun hat er ja seine Demenz im Altersheim hinzunehmen, ohne irgendwas oder irgendwen zu erkennen. Und um beim Thema Rache zu bleiben: Renato erzählt mir manchmal davon. Er sagt, er war nie ein großer Fanatiker des Betens, aber seit zehn Jahren zündet er jede Woche der Madonna eine Kerze an. Er bittet darum, dass sein Vater so lang wie möglich durchhält. Dann geht er ins Altersheim und gratuliert den Pflegern. Bardo ist körperlich noch gut in Schuss. Beim Geist siehts anders aus: Einsprengsel von Klarheit, die ihm schwer zu schaffen machen. Dann vergisst er wieder alles, die längste Zeit weiß er nicht mal, wie er heißt. Dann ist er verzweifelt und weint … Das ist der Preis für die Hiebe, die er seinem Sohn in einem anderen Alter gab. Und weil er ein Mädchen ausgenutzt hat, das schon seine eigenen Probleme hatte.«

»Solls ihm doch helfen.«

»Darf ich auch was sagen?«

»Mein lieber Mann, hast du dich nicht schon genug ausgelassen?«

»Liebes, ich leg jetzt auf, und dann reden wir in Ruhe.«

»Hör auf, mich Liebes zu nennen.«

»Donatella, meine Güte!«

»Oh, jetzt regst du dich auch noch auf. Fast wie ein Mann.«

»Es ist alles nicht wahr.«

»Was.«

»Also, du hast schon verstanden.«

»Ganz und gar nicht.«

»Legen wir auf, reden wir unter vier Augen.«

»Es ist gut, wenn unsere Nives zuhört, was du zu sagen hast.«

»Seid ihr denn heute Abend alle durchgedreht?«

»Nives, bist du durchgedreht?«

»War noch nie so mit mir im Reinen.«

»Siehst du? Na los, mein Lieber, was hast du zu sagen?«

»Die Sache mit dem Koffer. In dem verdammten Oktober.«

»Ja.«

»Ich habe nicht geübt, um mit dieser Spinnerin abzuhauen.«

»Aber an die durchwachte Nacht kann ich mich gut erinnern. Seitdem esse ich keine Lasagne mehr.«

»Ich hab diese Magenverstimmung als Vorboten betrachtet.«

»Dann stimmt es also: Du wolltest abhauen.«

»Ach, was weiß ich, wir hatten uns dieses Gelübde gegeben … Eigentlich hatte sie ja drauf beharrt. Ich habe zugesagt, weil ich zur Sache kommen wollte, dort in dem stinkenden Schilfgürtel.«

»Du Schuft.«

»Nives, jetzt misch du dich nicht auch noch ein. Wir waren jung … Auf alle Fälle haben wir ja den Beleg: Da stand kein Koffer am Ende des Flurs. Donatella, sag, ob das stimmt oder nicht.«

»Ich habe doppelt gesehen. Da hätte ein Bluthund sein können, und ich hätte ihn nicht wahrgenommen. Und außerdem, warum warst du denn auf, um Mitternacht? Bereit, rauszugehen und alles Übrige.«

»Was ich dir sagte: zum Luft schnappen.«

»Klar doch …«

»Und was sagst du mir dann zum Morgen danach?«

»Was soll ich dir sagen?«

»Der Koffer. Wenn er da gestanden hätte, wärst du praktisch drüber gestolpert.«

»Ich sehe dich noch, wie du mitten in der Nacht mit eingezogenem Schwanz alles wieder einräumst … Ich sags noch mal: Nives, es tut mir sehr leid.«

»Und mir tut es für dich leid. Du hast den Schuft abgekriegt. Schau an, wie die Dinge sich entwickeln: Am Ende muss ich dir auch noch dankbar sein für deine Magenverstimmung.«

»Gern geschehen.«

»Das ist ja ein Albtraum.«

»Mein Lieber, nimm die Worte deiner Frau, und meißle sie dir mit dem Hammer in die Stirn: Das ist erst der Anfang.«

»Wie jetzt, willst du auf diese Geisteskranke hören? Mag ja noch angehen wegen dieser Kurzschlusshandlung vor hundert Jahren ... Alles Übrige war doch klar: Ich ließ sie quatschen. Bei Insassen der Psychiatrie wird das empfohlen.«

»Loriano, du bist richtig gemein.«

»Ach, Nives, lass ihn reden. Da strampelt er sich ab wie ein Fasan, der das gefundene Fressen im Blick hat, und schon hat ihn das Fangeisen erwischt, das er sich eigenhändig aufgestellt hat. Gleich schwört er noch, dass es aufwärts regnet.«

»Also ehrlich gesagt, mir dreht sich schon der Kopf.«

»Ist dir nicht gut, Liebes? Allzu viel Herzklopfen in unserem Alter ist keine angenehme Sache.«

»Um sie machst du dir Sorgen! Und ich?«

»Raubtiere haben starkes Blut. Das zeigt, wie du auf Tröpfchen reagierst, bei all dem, was du dir an Korbflaschen hinter die Binde kippst.«

»Tröpfchen? Was für Tröpfchen?«

»Es ist nicht schön zuzuschauen, wie der Ehemann sich mit dem Saufen ruiniert. Da deine Frau bei klarem Verstand ist, erleichtere ich dir die Last.«

»Soll heißen?«

»Zwei Löffel Beruhigungsmittel.«

»Zwei Löffel was?«

»Was ich mir mein Leben lang für die Tage mit Herzklopfen verschreiben lasse. Zwei Löffel voll landen direkt in der Flasche, die zum Abendessen auf dem Tisch steht.«

»Spinnst du? Da kann einer auch nicht mehr von aufwachen.«

»Wenn Gott es so will ...«

»Donatella, du betäubst mich abends mit Schlafmitteln im Wein?«

»Wenigstens kommst du nicht in Versuchung, dir anderthalb Liter reinzuziehen, das kostet ja auch was. Du schaffst es kaum bis zum zweiten Glas. Bei der Titelmelodie der Nachrichten kann man dich schon einsargen. Dann schaffst du's gerade noch mit Ach und Krach ins Schlafzimmer.«

»Und wie lange geht das schon so?«

»Was weiß ich. Schon immer.«

»Schon immer.«

»Seit ich mir vorgenommen habe, dass du dir nicht wie ein Idiot die Leber zerfetzen lässt.«

»Dieses Zeugs macht abhängig.«

»Inzwischen bist du schon mal drumrumgekommen, dich ins Jenseits zu befördern.«

»Daher also diese Gier ...«

»Welche Gier, Liebster?«

»Das weißt du doch, ich wache morgens mit einem solchen Brummschädel auf, und es wird immer schlimmer. Ich lass mich ins Auto fallen, als müsste ich mit jedem Bein einen Sack Zement schleppen.

Manchmal ändere ich die Blickrichtung, und das Bild ergibt sich erst etwas später, da wird mir schwindlig. Bei Momo krieg ich mich halbwegs wieder ein, nach dem zweiten Espresso und dem ersten Grappa.«

»Und schon beginnt der Tag!«

»Du hast nicht verstanden.«

»Ich denke doch, du bist ein Trunkenbold. Aber das wussten wir ja schon.«

»Wenn ich aufhöre, drehe ich vielleicht durch.«

»Der Sillari ist wieder aufgeblüht.«

»Ich meine die Tropfen. Wenn ich sie nach all den Jahren plötzlich absetze, steht meine Welt kopf.«

»So in etwa, wie es mir heute Nacht ergangen ist.«

»Oh mein Gott, schon wird mir schlecht …«

»Hör auf das, was dir deine Frau sagt: Das ist erst der Anfang.«

»So, ich atme nicht mehr …«

»Dabei schien unser Loriano vor zehn Minuten noch stark zu sein wie ein Stier.«

»Nives, leck mich.«

»Meine Liebe, hör nicht auf ihn.«

»Siehst du, was er für einer ist? Ich sage, mir ist schwindlig, und schon will er die Bühne für sich. So was von größenwahnsinnig.«

»Ist es dir vergangen? Gehts jetzt besser?«

»Ich meine, ich träume, Donatella.«

»Wem sagst du das.«

»Im Sinne, dass mit mir was passiert. Wenn ich's erzähle, werdet ihr mir nicht glauben.«

»Ich bin ganz Ohr.«

»Was weiß ich, vielleicht bin ich tatsächlich verrückt geworden … Es geht mir gut.«

»Geht es dir gut?«

»Auf eine Weise, wie ich sie vielleicht noch nie empfunden habe. Es kommt mir vor, als wäre ich wieder sauber wie als Mädchen, ohne Kloß im Hals oder so was.«

»Schön für dich.«

»Es hat sich alles aufgelöst, wie durch einen Zauber. Soll ich mir Sorgen machen?«

»Liebe Freundin, ich weiß, was das ist.«

»Nämlich?«

»Du hast gesehen, aus welchem Holz Loriano eigentlich geschnitzt ist, und das hat dich angewidert. Ein Leben lang hast du an der Vorstellung von einer großartigen Liebe gehangen, um dann in einem Telefongespräch zu entdecken: Du hast nichts versäumt.«

»Ich muss fast heulen … Fühlt sich das so an, normal zu sein?«

»Du hast Ballast abgeworfen. Was ich jetzt auch wie der Blitz tun werde.«

»Von wegen, dass ich Laura von diesem Brief erzähle! Nie und nimmer soll *meine* Tochter denken, sie habe was mit dem Blut der Bottais zu tun.«

»Bravo.«

»Du solltest mich jetzt mal sehen, Donatella: Ich weine und lache gleichzeitig! Wer hätte das gedacht, auf einmal meine ich, ich habe überhaupt nichts falsch gemacht. Wenn ich nicht kaputte Knie hätte, könnte ich anfangen zu tanzen. Und hör dir das an: Die Idee von Anteo, meinem armen Mann, der es mir nie an etwas hat fehlen lassen. Auf einmal ist er zum Heiligen geworden. Wie ich ihn mir jetzt hierherwünsche! Sogar meine zwei blonden Enkel, deren Namen ich nicht aussprechen kann, kommen mir jetzt vor wie ein unvergleichliches Geschenk.«

»Weil sie es sind.«

»Und dieser Hof, so voller Erinnerungen … Donatella, es ist alles schön! Weißt du, was ich mir erhoffe in all diesem Glück? Dass Gott mich sieht und mich jetzt zu sich holt, wo ich so mit mir im Reinen bin! Meinst du, das ist vernünftig, darum zu bitten zu krepieren?«

»Es hält dich niemand auf.«

»Und du, Loriano! Treudoofer armer Kindskopf: Auf einmal tust du mir richtig leid. Ich war nur ein Amusement, das man im Unterholz vernaschen konnte … Welches Herz lässt sich nicht auf ein Herzchen ein, das bis über beide Ohren so verknallt ist, dass es sich ganz hingibt und dafür auch eine Ehe aufs Spiel setzt? Nicht eine Sekunde hast du dich für mich entschieden, und trotzdem bist du jedes Mal zu unseren Verabredungen gekommen. Als Männchen ohne Rückgrat, das du bist, hast du das immer gern mitgenommen. Um mich in die Finger zu kriegen, warst du zu den maßlosesten Treueschwüren bereit, und es war dir völlig egal, wie sehr ich an deinen Lippen hing. Ach, hättest du nur eine ungefähre Vorstellung davon gehabt, wie viel Liebe ich dir zu geben bereit war! Wie sehr unsere Stelldicheins geradezu überflüssig waren! Ich wollte alles von dir; ich hätte mir die Adern aufgeschlitzt, um wenigstens einmal frühmorgens neben dir aufzuwachen und dir sagen zu können: ›Guten Morgen, Liebster.‹ Stattdessen war ich ein Zeitvertreib. Ein Spielzeug, über das du mit ein paar Saufkumpanen herziehen konntest, wobei ich die Blöde war und der arme Anteo der Vollhirsch, um ihm womöglich im nächsten Augenblick die Hand zu schütteln. Drückebergerisch und meineidig bis ins Letzte. Wie armselig, mein lieber Loriano. Und wie dumm ich selber! Die Gleiche, die dir fast ein halbes Jahrhundert der Erinnerung gewidmet hat. Jetzt bist du da, im Flur, ans Telefon gefesselt. Auf der einen Seite die Frau, die du getäuscht hast, auf der anderen die, die du betrogen hast. Ich sehe dich: halb zerzaust und vollgesoffen, in Unterhosen, beeindruckt von dem Porträt, das du abgibst. Wie in einem Spiegel, der die Dinge ganz genau abbildet, aber seitenverkehrt: Du bist der Verlorene; ich kann mich retten. Sagt mir, ob eine solche Nachricht nicht ein Segen ist … Ich werde nicht gerade musterhaft gewesen sein, nicht als Ehefrau und nicht als Mutter, aber plötzlich kann ich das jetzt rausschreien, während das Pendel die Morgenstunden schlägt: Ich hab mir nie was vorgemacht. Tag um Tag war ich hier, mir

mit vernebeltem Blick die Scherben der vielen zer-
brochenen Träume hin- und herzuwenden. Da waren
Laura und Anteo, da war der Hof. Das bescheidene
Leben anständiger Leute, die sich durchschlagen und
dabei die kleinen Dinge wertschätzen: Weihnachten,
Ostern, die Geburtstage, Sommerabende … Ich stand
wie eine Königin mitten in all diesen Dingen und
noch mehr, hab es aber nicht gemerkt, weil mich eine
andere Schlacht beschäftigte. Jetzt, wo ich merke, dass
ich mich dem nur halb gewidmet habe, könnte ich
mir in den Arsch beißen; demgegenüber gibt es eine
Evidenz, die mich vom Kopf bis zu den Füßen wärmt:
Ich habe viel gekriegt, und es ist hier, rundrum und
in den Erinnerungen. Sechs Leben würden mir nicht
reichen, dieses goldene Buch durchzublättern, das
plötzlich in mir aufgegangen ist, wobei ich auch als
Dumme dastehe, wenn ich dran denke, wie ich mich
in dem Jammer gesuhlt habe, den ich gern gehegt
habe, als Mädchen und dann als vergeudete Frau. Dabei war ich am schönsten Ort der Welt versorgt und
habs nicht mal gemerkt. So, lieber Loriano, ich danke
dir. Hätte ich mich nicht für dich verausgabt, würde
ich jetzt nicht die Frucht ernten, die mich Poggio
Corbello als Kathedrale sehen lässt. Und ich danke
auch der Rosa oder wer immer heute Abend die Ent-
scheidung getroffen hat, in eine Henne zu fahren,
sodass ich veranlasst war, eine bestimmte Nummer
zu wählen angesichts des Notfalls. Morgen früh hebe
ich meine halbe Rente ab und schick meinen Enkeln

hinter den Alpen ein Geschenk, dass ihnen die Augen glänzen. Denn am Ende ist es wirklich geschehen: Ich bin irr geworden. Aber vor lauter Freude.«

»…«

»Nives, wie schön du das gesagt hast.«

»Liebe Donatella, es tut mir leid für dich. Vielleicht nehm ich dir alles weg. Aber du sollst wissen, dass das nicht beabsichtigt war.«

»Was soll ich sagen, ich lebte in einer Ruhe, die nicht meine war. Es ist richtig, dass ich nach Hause zurück bin.«

»Na ja, es ist jetzt spät. Ciao.« Darauf legte die Witwe auf, ohne eine Antwort abzuwarten.

Nives blieb noch ein Weilchen vor dem Telefon. Durch das häufige Wechseln des Hörers von einer Hand in die andere taten ihr die Arme weh, und die Ohren brannten. Und eine Art Summen erinnerte sie an das Ohrensausen nach den Backpfeifen, die sie als Kind nach einem Lausbubenstreich bekommen hatte. Vor allem aber spürte sie eine merkwürdige Empfindung: Ihr Herz klopfte eigenartig, es pumpte Euphorie, wie sie vielleicht tüchtige Gauner empfinden, wenn sie mit der Beute des Jahrhunderts aus einer Bank abhauen. Es kam ihr vor, als setzte sie zum ersten Mal wieder feste Schritte, sich gut im Griff habend. Sie merkte, dass sie Hunger hatte.

Giacomina stakste nah an ihrem Unterrock vorbei, als würde sie einkaufen gehen. Eine Seltenheit sondergleichen, um diese nachtschlafende Zeit eine

Glucke so munter zu sehen. Sie sah, wie sie sich auf der angeknabberten Kralle hinkend dahinschleppte, erkannte darin aber eine Harmonie, die ihr das Herz wärmte.

Im Wohnzimmer brannte noch Licht. Nives spürte die Versuchung, die Geste des armen Anteo zu wiederholen, wenn ihn einmal im Jahr die Anwandlung überkam, die Zigarrenschachtel zu öffnen und eine zu rauchen. Einfach so, ohne besonderen Anlass … Als sie am Fauteuil vorbeiging, wurde sie der Vertiefung gewahr, wo die Henne eine ganze Weile lang betört gesessen hatte. Nives fuhr zusammen. »Schau an!«, sagte sie laut. »Sie hat ein Ei gelegt.«

Ihr erster Gedanke war, sich sofort ein Spiegelei zu braten.